Illisibilité partielle

Valable pour tout ou partie
du document reproduit

Couvertures supérieure et inférieure
manquantes

L'AMANT. LIBERAL
TRAGICOMEDIE
Par. Monsieur. de
SCVDERY.
C. le Brun inuent.
Daret fecit.
Auec Priuilege du Roy 1638

L'AMANT LIBERAL

TRAGI-COMEDIE,

PAR

MONSIEVR DE SCVDERT.

A PARIS,

Chez AVGVSTIN COVRBE', Libraire & Imprimeur de
Monseigneur Frere du Roy, au Palais, en la
petite salle à la Palme.

M. DC. XXXVIII.

AVEC PRIVILEGE DV ROY.

A
LA REINE.

ADAME,

Ie n'aurois iamais eu l'audace d'ofrir ce Poëme à V. M. si ie n'auois apris qu'il a eu l'honneur de luy plaire, toutes les fois qu'on l'a representé deuant Elle : Il est bien vray

qu'en cela, ma ioye n'eſt pas ſans quelque
crainte, par ce que ie n'ignore point auſſi,
que ſa bonté luy faict ſouuent aprouuer en
apparence, ce que ſon iugement condam-
ne en effect. Mais enfin M A D A M E,
ſoit que i'eſprouue en cette aduenture, ou
voſtre iuſtice ou voſtre clemence, ie les
tiens eſgalement glorieuſes : & pourueu
que V. M. connoiſſe mon zele comme mon
Ouurage, i'eſpere que la perfection de l'vn,
luy faira ſupporter les deffauts de l'autre.
Ie dis les deffauts (M A D A M E) pour
les vers qui partent de moy, car pour
le ſuiet, V. M. ſçait bien, que Ceruantes
n'en a pas fait de mauuais. Cét Autheur
eſtoit veritablement, vn des plus beaux eſ-
prits de toute l'Eſpagne ; & ſi ceux de ſa Na-
tion diſent E S D E L O P E, quand ils
veulent donner la plus haute loüange à
quelque ouurage de Poëſie, ie penſe que
pour la Proſe, ils peuuent dire E S D E
C E R V A N T E S, auec autant de raiſon.
C'eſt donc mon A M A N T L I B E R A L
(M A D A M E) qui ſe iette aux pieds de
V. M.

V. M. pour luy demander ſa protection :
ie preuoy qu'il en aura beſoiń ; & que tout
François qu'il eſt maintenant, il ſe trouue-
ra des gents, qui l'attaqueront en ennemy,
mais MADAME, empeſchez s'il vous
plaiſt, que leur fureur ne mette en pieces,
ce pauure Sicilien ; & faites qu'on le traitte
au moins en priſonnier de guerre, puis qu'il
eſt trop LIBERAL, pour ne payer pas
bien ſa rançon. Il s'en aquitera (MADA-
ME) en publiant par tout le monde, que
les Couronnes que vous portez, ne ſont
pas vos plus beaux ornemens : Il dira que
ces grands Monarques dont vous eſtes di-
gne Femme, & digne Sœur, n'ont pas tant
de Subiets, que vous auez de Vertus : &
que ſoit pour les beautez de l'ame, ou pour
les graces du corps, noſtre ſiecle n'a rien
qui vous eſgalle. En effect MADAME,
comme en la Muſique, l'harmonie ſe com-
poſe de parties abſolument differentes, la
douceur & la Maieſté, font vn ſi diuin meſ-
lange ſur voſtre viſage, qu'il n'eſt point
d'ame qui n'en ſoit rauie. L'Hiſtoire nous

parle comme d'vn miracle, de cette illuſtre
& vaillante Fille, qui connut d'abord le Roy
Charles Septieſme, caché dans la foule de
ſes Courtiſans, & ſans aucune marque de
Royauté, bien qu'elle ne l'euſt iamais veu;
mais il n'eſt pas beſoin d'vne reuelation
pour vous connoiſtre: vous paroiſſes par
tout ce que vous eſtes; la ſplendeur & la
Maieſté vous ſont naturelles; vous n'em-
pruntez rien du Dais, ny du Throſne; &
quelque peu d'eſclat qui paruſt en vos ha-
bits comme en voſtre ſuitte, vn eſtranger
ne demanderoit iamais, OV EST LA
REINE? auſſi tous les peuples ſur qui
vous regnez, ne deſiroient plus rien en
vous, que la qualité de Mere: vos vœux
(MADAME) eſtoient les noſtres; &
le Ciel les a veus ſi iuſtes, qu'il n'a pû les
reffuſer. Ce ſera ce Dauphin que nous at-
tendons, qui calmera les tempeſtes, bien
plus veritablement que l'Alcion: & qui
reſtablira par toute la terre, la paix & la
tranquilité. La France beniſſoit autrefois
la Caſtille, pour luy auoir donné Blanche,

EPISTRE,

Mere de noftre Sainƈt Louis, & bien toft
nos haines eftants appaifées, elle luy ren-
dra grace de nous auoir donné l'incompa-
rable ANNE, Femme de l'inuincible
LOVIS LE IVSTE.

Et fi l'Art d'Apollon n'eft faux,
A preuoir les chofes futures,
Mere d'vn Prince encor, dont les fameux trauaux,
Et les illuftres aduentures,
Efleueront la gloire, au fuperbe fommet,
Ou lavertu la met.

C'eft ce que predit, & ce que defire,

MADAME,

De Voftre Maiefté.

Le tres-humble, tres obeïffant &
tres-fidelle feruiteur & fujet,
DE SCVDERY.

LES ACTEVRS.

LEANDRE, Gentilhomme Sicilien Esclaue,

RODOLPHE, Gentilhomme Sicilien Esclaue,

LEONISE, Fille de Rodolphe Esclaue,

PAMPHILE, Gentilhomme Sicilien Esclaue,

HALI BACHA, Gouuerneur de Nicosie,

HAZAN BACHA, son successeur à sa charge,

IBRAHIM, Cadi de Nicosie,

HALIME, sa femme,

ISAC, Marchand Iuif,

MAHAMVT, Renegat Sicilien & domestique
  d'Ibrahim,

MVSTAPHA, Sangiac confident de Hali,

SARRAIDE,   ⎰ Confidentes de Halime,
SVLMANIRE;   ⎱

LELIE, Esclaue,

TROVPES de Ianissaires de la Garnison vieille &
  nouuelle.

____

La SCENE est en l'Isle de Chipre.

L'AMANT
LIBERAL,
TRAGI-COMEDIE.

ACTE PREMIER.

ISAC, LEONISE, RODOLPHE,
PAMPHILE, LEANDRE,
MAHAMVT.

SCENE PREMIERE
ISAC, LEONISE,
ISAC.

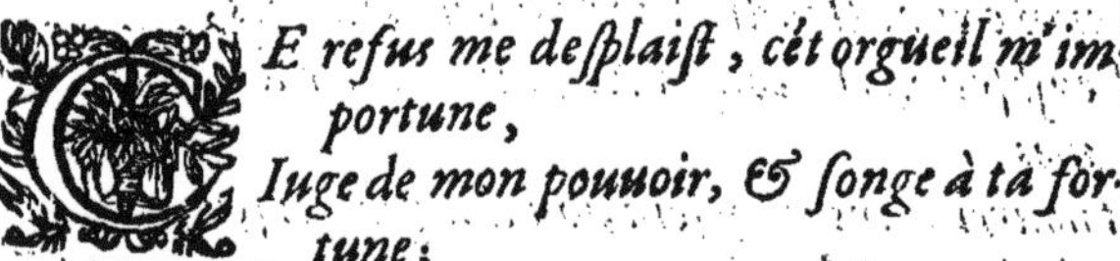

E refus me desplaist, cét orgueil m'im-
    portune,
Iuge de mon pouuoir, & songe à ta for-
    tune;
Vois les maux ou tu cours, & les plaisirs offerts;
Quite cette arrogance, & regarde tes fers:

A

Et te souuiens encor que ton mespris me braue,
Que ie suis tousiours Maistre & toy tousiours esclaue,
Que lors que ie commande, il te faut obeir,
Et que celuy qui t'aime, enfin te peut hair.

LEONISE.

On me verra mourir, auant que i'obeisse,
Car ie suis vostre esclaue, & non celle du vice :
Mon cœur dans les malheurs n'estant point abatu,
Fait au milieu des fers, triompher la vertu ;
Et quelques grands assauts que le destin me liure,
Ie me ris de sa force, estant lasse de viure,
Et regardant la mort, comme vn souuerain bien,
Voyez ce cœur sans crainte, & n'esperez plus rien.

ISAC.

Ingrate souuiens toy que dans Pantamalée,
J'ay vaincu ta disgrace, & ie t'ay consolée ;
Et qu'apres ce naufrage ou tu vis ton cercueil,
L'impitoyable faim te l'eust fait d'vn escueil,
Si mon cœur attendri par de si belles larmes,
N'eust soumis sa constance, au pouuoir de tes char-
mes,
Et nourri dans mon sein, vn dangereux serpent,
Qui pique, & qui meurtrit, vn cœur qui s'en re-
pent.

LEONIS.

Celuy qui se repent apres vn bon office,
Efface entierement la grace du seruice;
Celuy qui le reproche, estant peu genereux,
Absout d'ingratitude, vn pauure mal-heureux:
Et celuy qui ne sert qu'à cause de soy mesme,
Montre qu'il n'aime point, ou seulement qu'il s'aime
Seruant par interest, il n'oblige que soy;
Et ie mets en ce rang, le bien que ie reçoy:
Cette robe à de l'or, vous me l'auez donnée:
Mais helas la victime est ainsi couronnée;
Quand on veut l'esgorger, on la pare de fleurs;
Et ce funeste habit m'a bien cousté des pleurs:
Mais regardez vn peu vostre race & la mienne,
Et Iuif, ayez horreur d'aimer vne Chrestienne.

ISAC.

La Loy de la Nature, efface toutes loix:
Ie te le dis encor pour la derniere fois;
J'ayme, & veux estre aymé:

LEONISE.

Vous voulez l'impossible.

A ij

ISAC.

Soyons, soyons cruels, comme elle est insensible,
Changeons, changeons l'amour, en vn iuste courroux,
Et du moins la vendant, monstrons qu'elle est à nous,
Ostons nous de la chaine, & resserrons la sienne;
Elle veut son mal-heur, faisons qu'elle l'obtienne;
Et si més feux discrets, esteignent ses desirs,
Qu'elle serue au Serrail, à d'infames plaisirs
Que de mille beautez, elle soit la derniere;
Et de libre qu'elle est, deuenant prisonniere,
Qu'vn Eunuque importun, la suiue en toutes pars,
Comptant d'vn œil jaloux, ses pas, & ses regards:
Marche Monstre orgueilleux.

LEONISE.

Ha fais souuerain Estre,
Que ie change de sort, aussi bien que de maistre;
Et qu'estant sans franchise, ainsi que sans bon-heur,
I'obtienne de ta grace, vn tres-pas plein d'honneur.

ISAC.

Que pour vn cœur ingrat, les biens ont peu d'amorce

LEONISE.

Ie meprise tes biens, & me ris de ta force.

SCENE II·

RODOLPHE, PAMPHILE,

RODOLPHE.

Ourquoy regrettez vous cét obiet mal-
  heureux ?
On ne peut estre auare, estant bien a-
  moureux :
Qui se donne soy mesme, a la personne aimée,
N'estime plus ses biens, qu'vne ombre, vne fumée;
Ceux que l'amour esleue en cet illustre rang,
Loing d'espargner de l'or, donneroient tout leur sang;
Et remplis de l'ardeur d'vne si belle flame,
Pour sauuer leur Mestresse, ils voudroient perdre
  l'ame :
Mais vous auez paru dans vn si grand danger,
Et fort mauuais Amant, & fort bon mesnager :
L'interest a vaincu, contre la foy promise :
Ha fille infortunée! ô pauure Leonise
Qui croyois qu'on t'aimast; vois de quelle façon!
On t'enleue à ses yeux, à faute de rançon;

Lors qu'il te peut ſauuer, il conſent à ta perte
Il te void d'vn œil ſec, emporter à Biſerte;
Et prodige, pluſtoſt que de te ſecourir,
Il me perd, il te perd, & ſe laiſſe perir,
Luy qui touſiours aimé de l'aueugle fortune,
Pouuoit payer alors, cent rançons, au lieu d'vne.
Infame pauureté qui m'as touſiours ſuiuy,
Par toy, comme par luy, mon bien me fut raui;
Et ie ne pus donner en ce mal-heur extreme,
Que des vœux impuiſſants, pour ſauuer ce que i'ai-
    me.
Leandre genereux, vois en mon cœur changé,
Et ma rigueur punie, & ton amour vangé;
Tu vis par les effets d'vne erreur mutuelle,
Et le pere inhumain, & la fille cruelle,
Et tu vois maintenant d'vn mal non attendu,
Et la fille perduë, & le pere perdu.
Mais cét Aſtre malin, qui fit noſtre infortune,
Iniuſte qu'il eſtoit, te la rendit commune,
Et le ſort par vn coup que mon ame reſſent,
Confondit le coupable, auecques l'innocent:
Ta franchiſe eſt perduë, auſſi bien que la noſtre;
Et l'on te void ſouffrir, pour le crime d'vn autre.
Leandre, en quelque part que tu ſois auiourd'huy,
Souffre ton infortune, & reçoy mon ennuy:
Ma fille, en quelque lieu que le ſort te retienne,
Adoucis ta triſteſſe, il ſuffit de la mienne;

Et perds le souuenir, d'vn Amant peuzellé,
Qui pouuoit me sauuer, vn bien qu'on m'a vollé;
Efface de ton cœur, son nom, & son image,
Que l'Amour n'y graua que pour nostre dommage;
On ne t'en ressouuiens, que pour mieux detester,
L'ingrat, qui s'est perdu, pour ne te racheter.

PAMPHILE.

Mon Pere.....

RODOLPHE.

Ha triste nom, & qui me desespere !
C'est par vous seulement, que ie ne suis plus Pere.

PAMPHILE.

Escoutez, mes raisons,

RODOLPHE.

On n'en sçauroit auoir,
Apres qu'on a choqué l'amour & le deuoir.

PAMPHILE.

Si vous vouliez m'entendre.

RODOLPHE.

Ha Pamphile, vne excuse
Monstre bien moins d'amour, qu'elle ne fait de ruse:
Mais quoy que vostre esprit s'estime assez rusé,
Le mien dans sa douleur, n'en peut estre abusé:
Ie voy ma fille esclaue, & la foy mesprisée;
Ma perte est trop sensible, & vous l'auez causée.

PAMPHILE.

Mais vn homme sans bien....

RODOLPHE.

N'est iamais sans bon-heur,
Alors qu'il l'a perdu, pour sauuer son honneur:
Quelque incommodité que le corps en ressente,
Vne ame est en repos quand elle est innocente.

PAMPHILE.

L'amour fit vn peché, que ie connois trop tard:

RODOLPHE.

Le vice est tousiours laid, en despit de son fard.

PAMPHILE.

Ie taschois de sauuer mon bien, pour ma Mestresse,
RO-

RODOLPHE.

Ha ne te cache plus ame ingrate & traistresse,
Je voy ton auarice, aussi grande qu'elle est;
Et tu n'as regardé, que ton propre interest :
Sois comme sans vertus, au moins sans insolence;
Et cache ton peché, sous vn discret silence :
Retirons nous d'icy, quelqu'vn vient sur nos pas;
Ne parle plus d'amour, tu ne le connois pas.

PAMPHILE.

Fais grand Dieu si i'ay tort que Pamphile perisse :

RODOLPHE.

Tu n'as point d'autre Dieu, que ta seulle auarice.

SCENE III.

LEANDRE.

STANCES.

Ristes obiets de mes regards,
Superbes Tours fermes Ramparts,
Que vient d'abatre la fortune:
En l'estat qu'elle vous fait voir,
Vous pouuez conseruer l'espoir,
Puis qu'elle n'est pas tousiours vne;
Mais dans le mal qui m'importune,
Ie n'en sçaurois iamais auoir.

L'Astre qui cause mes mal'heurs,
Me fit naistre pour les douleurs,
Ie n'eus point d'autre destinée:
Il faut que ce mal ait son cours;
Il faut que ie souffre tousiours;
Sa rigueur est tant obstinée,
Qu'elle ne peut estre bornée,
Que par le dernier de mes iours.

Tout me trauerse esgalement:
Sur l'vn, & sur l'autre Element,
I'esprouue son humeur sauuage:
Le plus beau iour m'est vne nuit;
L'impitoyable me poursuit,
Sur les flots & sur le riuage,
Et la franchise & l'esclauage,
Tout m'est funeste, & tout me nuit.

A terre, ie suis mal traité:
Et la mer en sa cruauté,
M est bien encore plus barbare:
Leonise me reffusoit,
Leonise me mesprisoit,
Pour idalastrer vn auare;
Mais deuant vn obiet si rare,
Ma perte mesme me plaisoit.

Maintenant cét Astre n'est plus:
Pleurs impuissans & superflus,
Que cause sa mort & ma vie;
I'attends la parque sans effroy;
Augmentez vous, & noyez moy,
Contentez cette iuste enuie;
Ie la deburois auoir suiuie,
Et mes iours font tort à ma foy.

Ie crois voir son taint qui paslit:
Qu'Hymen ne la t'il mise au lit,
Plustost qu'en la mortelle barque,
En faueur d'vn obiet si doux,
Ouy, faisons des vœux contre nous,
Amour veut cette illustre marque;
Elle est dans les bras de la parque,
Fust elle dans ceux d'vn espoux.

Mais helas, vains desirs de mon ame esperduë,
Cette aimable beauté ne peut m'estre renduë,
La mort ne voit nos pleurs que d'vn œil de mespris,
Et l'auare qu'elle est, retient ce qu'elle à pris:
De tant d'obiets diuins, que cette inexorable,
Moissonne d'vne faux si tranchante & durable,
En peut-on marquer vn, qui fasse le retour,
De la nuit tenebreuse, à la clarté du iour?
Cette merueille helas, n'est iamais aduenuë;
La route qui remonte, est encor inconnuë;
Et dans ce grand chemin qui conduit au trespas,
On ne voit derriers nous, les traces d'aucuns pas;
Tout descend en ces lieux, ou les ombres demeurent,
Et l'on ne voit iamais, ces Merueilles qui meurent:
De sorte que mon ame est reduite à ce point,
Qu'elle adore vn obiet qui fut & qui n'est point.
Leonise n'est plus! ô la triste aduanture!
Miracle de nos iours, chef-d'œuure de Nature,

Toy qui ſentis les coups de la rigueur du ſort,
Regne, & vis en mon cœur, en deſpit de la mort :
Mais non, faſſe le Ciel vn aCte de iuſtice,
Et ce cœur n'eſtant plus, que ton regne finiſſe.

SCENE IV.

MAHAMVT, LEANDRE.

MAHAMVT.

Omme ie voy tes pleurs , montre moy
leur ſujet;
As tu le cœur touché par vn ſi triſte objet?
L'image de ces Tours, peinte en ta fataiſie
Te fait elle pleurer la pauure Nicoſie ?
Cette belle Cité d'vn Eſtat ſi puiſſant ,
Qui ſe voit accablé ſous l'orgueil du croiſſant;
Cette Iſle, ou les Amours auoient eu leur Empire,
Eſt-ce Chipre en vn mot, pour qui ton cœur ſoupire?

LEANDRE.

Helas cher Mahamut, quand ie verſe des pleurs,

I'en trouue assez, la cause en mes propres malheurs;
Et comme ie connois mon infortune extreme,
Auec iuste raison ie ne pleinds que moy-mesme:
Car en considerant mon destin rigoureux,
Les plus infortunez se trouueront heureux:
Et prés de la douleur qui regne en ma memoire,
L'estat mesme d'enfer est vn estat de gloire.

MAHAMVT.

Vn grand cœur doit tousiours d'vn genereux effort,
Opposer la raison, aux malices du sort:
Et puis, cette disgrace à tant d'autres commune,
N'est pas le plus grand coup, que donne la fortune:
Tu perds ta liberté, mais tu la peux auoir,
Et comme ta rançon elle est en ton pouuoir.

LEANDRE.

La franchise est vn bien, dont ie n'ay point d'enuie,
Et voudrois auec elle auoir perdu la vie.

MAHAMVT.

On peut trouuer le calme, au milieu du danger:

LEANDRE.

Il est vray qu'icy bas, tout change, ou peut changer:
Tel languit sous des fers, qui dans trois iours peut-
*   estre,*

Les porte de ſes mains, à celles de ſon Maiſtre:
Tel paroiſt triomphant, qui s'eſtoit veu dompter;
On peut tomber d'vn throſne, & puis y remonter;
Ie ſçay qu'inſolamment, la fortune ſe ioüe,
Et qu'vn branſle eternel, doit agiter ſa roüe;
Mais alors que la parque, eſt iointe à ſon courroux,
Quel vne & l'autre helas, frappent d'eſtrãges coups!
Contre vn deuil ſi preſſant, malgré la reſiſtance,
Il n'eſt point de remede, il n'eſt point de conſtance,
Et pour guerir d'vn mal, qu'on ne ſçauroit guerir,
Il faut ſuiure au tombeau, celle qu'on voit mourir.

MAHAMVT.

A ces mots, ie connoy la douleur qui te preſſe:
Les pleurs ſont genereux, que cauſe vne Meſtreſſe;
Et quand vn bien ſi cher enfin nous eſt oſté,
Ie tiens que la conſtance eſt vne laſcheté.
Pleure donc cher Amy, ta pleinte eſt legitime;
Vne vertu farouche eſt capable de crime;
Ouy, tu doibs ſoupirer, & i'y doibs conſentir;
Ton mal eſt trop aigu, pour ne le pas ſentir:
Mais au nom du pays, qui nous a donne l'eſtre,
Mon tre moy ton amour, dis moy qui le fit n'iſtre;
Compte moy tes malheurs, peinds moy ton amitié;
Et vois deſia mon cœur ſenſible à la pitié.

LEANDRE.

L'exceßiue douleur, pouuant oster la vie,
A dessein de mourir, ie suiuray ton enuie:
Et fasse le destin, qu'vn si triste discours,
Soit tranché par la mort, qui tranchera mes iours.
As tu veu cher Amy, dans le Bourg de Trapane,
Ceste chaste Venus, ceste belle Diane,
Leonise en vn mot, l'objet le plus charmant,
Qui iamais ait regné, sur l'esprit d'vn Amant?

MAHAMVT.

La fille de Rodolphe?

LEANDRE.

        Iniuste Ciel, c'est elle,
Q'auec trop de rigueur, tu fis naistre mortelle;
C'est elle que ie pleure, & que ie doibs pleurer,
Et pour qui mes regrets, ne sçauroient trop durer.
Cette aimable beauté qui regne dans mon ame,
Y graua son portrait, auec vn trait de flame,
Et de telle façon elle sceut le tracer,
Que rien que le trespas ne sçauroit l'effacer.
Ie la vy ie l'aimé, l'effect suiuit la cause,
Car la voir, & l'aimer, estoit la mesme chose:
Et ie vy naistre en moy, la peine, & les plaisirs,
L'esperance, l'amour, la crainte, & les desirs;

Mais

Mais eſpoir, & plaiſirs, en cette connoiſſance,
Voſtre mort de bien prés, ſuiuit voſtre naiſſance;
Vous fuſtes de ces fleurs, qui ne durent qu'vn iour,
Et ie n'eus plus au cœur, que la crainte, & l'amour.

MAHAMVT.

Quoy, fut elle inſenſible, autant qu'elle fut belle?

LEANDRE.

Elle fut à la fois, pitoyable, & cruelle;
Elle eut beaucoup d'amour, & beaucoup de meſpris;
Et i'attaquois vn fort, qu'vn autre auoit ſurpris:
De ſorte, que ſon ame en eſtant trop atteinte,
La mienne ne pouſſa qu'vne inutile pleinte:
Pamphile eſtoit le nom, de cét heureux Amant;
Et comme il eſtoit riche, il fut trouué charmant:
Il rencontra l'amour, & ie trouué la haine;
Ie combatis ſans vaincre, il la vainquit ſans peine;
Pamphile eſtoit ſuiuy, Leandre abandonné;
I'eſtois chargé de fers, il eſtoit couronné;
Et d'vn iniuſte choix, cette ieune Carite,
Prefera dans ſon cœur, la richeſſe, au merite

MAHAMVT.

Quoy, tu pouuois l'aimer apres.....

LEANDRE.

Hé iuftes Cieux,
Pouuois-ie la haïr, puis que i'auois des yeux?
Vn iour que ces Amants les plus heureux du monde,
Accompagnez du pere, eftoient au bord de l'onde,
Et que dans la faifon ou tout paroiſt fi beau,
Ils voyoient vn iardin fur la terre & dans l'eau;
Laſſé de tant aimer, fans efpoir de falaire,
Ie me laiſſe conduire au gré de la colere,
Et perdant le refpect, en cette occafion,
Je le couuris de honte, & de confufion.

MAHAMVT.

Qui?

LEANDRE.

Ce ieune Adonis, de qui l'ame occupée,
Ne fe reſſouuint point qu'il auoit vne efpee;
Et qui fouffrit alors, la rougeur fur le front,
Les marques du defpit, & celles d'vn affront.
Comme i'eftois rempli d'vne fureur fi grande,
De trois Nauires Turcs, vne troupe brigande,
Accourut au riuage, & malgré mon effort,
Vne efquif à l'inftant, nous mena dans leur bord.

Les trois chefs assemblez, font voir à l'heure mef-
  me,
Le moyen de fortir de ce peril extréme,
Et pour nous redonner à tous la liberté,
De vingt mille ducats, le prix fut arrefté.
Rodolphe, à qui le fort ne donna de richeffe,
Que celle des beautez de ma chere Meftreffe,
Par vn morne filence, à l'inftant nous fit voir,
Et fon deuil exceßif, & fon peu de pouuoir.
Pamphile trop auare, encor que la fortune,
L'euft comblé de threfors, par les mains de Neptune,
D'vn efprit mercenaire, & d'vn courage bas,
N'offrit iamais pour tous, que deux mille ducats;
Et quelques raretez, qu'il vift en Leonife,
L'ingrat, la voulut perdre, auecques fa franchife:
Il fupporta l'efclat, de fes beaux yeux en pleurs,
Qui fembloient demander la fin de leurs malheurs,
Il n'en fut point touché, l'infenfible, l'infame,
Et le propre intereft, la chaffa de fon ame.

MAHAMVT.

Il doibt eftre effacé du nombre des Amants.

LEANDRE.

Moy qui portois au cœur, de plus beaux fentimens,
Pour fauuer cet obiet, dont la mienne eft rauie,

C ij

J'offris auec l'argent, ma franchiſe, & ma vie,
Et ſans rien eſperer de mon ſort rigoureux,
Ie voulus tout donner pour rendre vn autre heu-
reux.

MAHAMVT.

O merueilleux effet, d'vne amitié ſans feinte!

LEANDRE.

Deſ-ja l'eſpoir en nous, ſuccedoit à la crainte;
Et pour noſtre rançon, nous aprochions du port,
Quand nous viſmes encor, l'inconſtance du ſort:
Las, eſt-il des douleurs, comparables aux miennes!
On deſcouurit en mer, douze voiles Chreſtiennes,
Et les Turcs qui craignoient quelque mauuais deſtin,
Partagerent entre eux, mon cœur, & leur butin:
Si bien, qu'en s'eſloignant des coſtes de Sicile,
L'vn priſt en ſon partage, & Rodolphe, & Pam-
phile,
L'autre priſt Leoniſe, & le tiers me reçeut,
Abuſé de l'eſpoir, que ſon ame conçeut.
Iuge cher Mahamut, quelle fut lors ma peine,
Me voyant ſeparer de ma belle inhumaine,
Le mal que ie ſentis, ne ſe peut exprimer,
Et pour le conçeuoir, crois qu'il faut bien aimer.
Mon ame vint aux yeux, teſmoigner ſa triſteſſe,
Ie vis quelque pitié, dans ceux de ma Meſtreſſe,
Et ſon regard me dit, à faute de la voix,

Que son cœur aprouuoit, le dessain que i'auois:
A ce bizarre effect, que le destin m'enuoye,
Ie ne le cele point, ie sentis de la ioye;
Les contraires ensemble, alors estant d'accord,
Ie souhaité de viure, & desire la mort.
A peine ces voleurs eurent fait leur partage,
Que l'air, nous menaça de quelque grand orage,
Il deuint tout obscur, & la mer qui s'enfla,
Suiuit les mouuements d'vn grand vent qui souffla:
Lors la route que prend le Nauire qui flotte,
Ne despend plus des mains, ny de l'art du Pilote;
La Nef, au gré du vent, vogue de tous costez;
La mort paroist par tout, ou nous sommes iettez:
On cherche en vain au Ciel le secours des Estoiles;
Le vent emporte & rompt, Mats, Cordages, &
    Voiles;
Et heurte le vaisseau, d'vne telle fureur,
Que tout blanchist d'escume, ou paslit de terreur:
Nous voyons dessus nous, des montagnes liquides;
Nous volons à l'instant sur leurs sommets humides;
Et puis nostre vaisseau retombe enueloppé,
De la vague & du vent qui tous deux l'ont frappé:
Vn deluge de pluye, encor nous fait la guerre,
Le bruit des flots se mesle, à celuy du tonnerre;
Et le feu des esclairs, nous monstre dessus l'eau,
L'espouuentable obiet, d'vn horrible tableau:

Les plus fiers *Matelots*, en font touchez eux mef-
  mes;
Et leur crainte paroift, fur leurs vifages blefmes;
Leurs mains ne font plus rien, leurs yeux verfent des
  pleurs,
Et par des cris aigus, leur voix pleind leurs malheurs.

MAHAMVT.

Ie conçois aifement quelle fut cette crainte,
Puis que du feul portraict, ie fents mon ame
  atteinte.

LEANDRE.

Moy, qui dans ce peril eftois feul fans effroy,
Ie fis des vœux au Ciel, qui n'eftoient pas pour moy:
Et ie fuiuois de l'œil, la Nef infortunée,
Qui portoit Leonife, auec ma deftinée,
Ie la vy mille fois, efleuer iufqu'aux Cieux,
Et mille fois mon cœur la fuiuit par les yeux.
Ie la vy mille fois, dans la mer enfoncée,
Et mille fois mon ame, y porta fa penfee:
Ce fut dans ce vaiffeau, que i'eus peur de perir,
Ainfi que dans luy feul, ie creus pouuoir mourir:
Cét amour qui nous change, en l'obiet que l'on ayme,
Me fit craindre pour elle, & non pas pour moy
  mefme;

I'eſperé quelquesfois, i'aprehende ſouuent;
Et mon ame ſuiuit la Nef, l'onde, & le vent.
Enfin le puis-ie dire, & conſeruer la vie?
Pour ce debile eſpoir, le ſort eut de l'enuie;
Ie cherchois le treſpas, il me le reffuſa;
Et contre des rochers ce vaiſſeau ſe briſa:
La vague l'engloutit; & perte ſans ſeconde,
Mon Soleil pour iamais, ſe cacha deſſous l'onde;
Et l'ombre de la nuict, dont nous fuſmes ſurpris,
Nous couurit les horreurs, de ce triſte debris.
Auecques ce vaiſſeau, mon bon-heur fit naufrage;
Ie perdis en ſa perte, eſperance & courage;
Et pour porter encor, mon malheur plus auant,
La tempeſte finit, & ie reſté viuant.

MAHAMVT.

O qu'on ſouffre en amour, hâ qu'on ſouffre en la vie!
Vn demon nous regarde, auec vn œil d'enuie,
Qui ſans doute ſe plaiſt à choquer nos deſirs,
D'eſtruire noſtre eſpoir, & borner nos plaiſirs.

LEANDRE.

Cent fois depuis, mon Maiſtre ennuyé de ma peine,
Me parla de rançon, & de rompre ma chaine;
Mais fuyant tous les biens, apres ces maux ſouffers,

J'ay voulu que la mort me trouuaſt dans les fers.
Enfin, à Tripoli, l'aſtre qui me vit naiſtre,
Sans changer de deſtin, me fit changer de Maiſtre:
Le Vice-Roy de là, qui vient l'eſtre en ces lieux,
Suiuit en m'acheptant, l'ordonnance des Cieux:
Moy i'inuoque la mort, c'eſt toute mon attente.
Haſan Bacha mon Maiſtre, eſt deſia dans ſa Tente,
Pour ſuiure exactement la couſtume d'icy,
Qui l'oblige à camper, & nous autres auſſi,
Iuſqu'à tant que celuy qui commande en cette Iſle,
Sorte d'vn pauillon tendu prés de la ville,
Pour venir voir ſon ordre, & remettre en ſa main,
Le pouuoir qu'il tenoit du Prince ſouuerain,
Allons voir ſi tu veux cette ceremonie.

MAHAMVT.

Fais que de ton eſprit, la douleur ſoit banie,
Ou l'adoucis au moins, puiſque les plus conſtants,
Cedent aux loix du ſort, & que tout cede au temps.
Cependant, ſi l'habit qu'vne folle ieuneſſe,
Me fait porter enfin auec tant de triſteſſe,
Et parmy les remords d'vn iuſte repentir,
Me faiſoit croire Turc, ie n'y puis conſentir,
Prends donc en ma faueur, vn ſentiment contraire;
Crois que i'auray pour toy, la charité d'vn frere;
Ouy, vray Compatriote, ainſi que vray Chreſtien,
Tout ce qui fut à moy, ſe pourra nommer tien.

LEANDRE.

LEANDRE.

Si tu veux me seruir, comme me satisfaire,
Enseigne à mon esprit, le moyen de desplaire;
Fais moy haïr de tous. en l'estat ou ie suis,
Afin que le trespas termine mes ennuis :
Irrite le Bacha, depeinds luy mon audace,
Un iuste chastiment, me tiendra lieu de grace;
Pour moy le plus cruel, aura plus de pitié;
Car ie cherche la haine, & non pas l'amitié.

MAHAMVT.

Le Soleil qui se leue est dessus les Montagnes,
Et desia sa clarté s'espand dans ces campagnes:
Leandre hastons nous (si nous voulons bien voir)
D'aller ou nous appelle & l'heure & le debuoir.

LEANDRE.

Rien ne nous presse tant, car ces longues iournées,
Qui coulent en Esté sont presques des années:
Mon Maistre dans sa Tente est encor endormy,
Toutesfois pour te plaire allons mon cher Amy.

D

ACTE II.

HAZAN, LEANDRE, MAHAMVT,
YBRAHIM, HALI, ISAC,
LEONISE , Troupes de
Ianiſſaires.

SCENE PREMIERE.

HAZAN , Troupes de Ianiſſaires,
LEANDRE , MAHAMVT.

HAZAN.

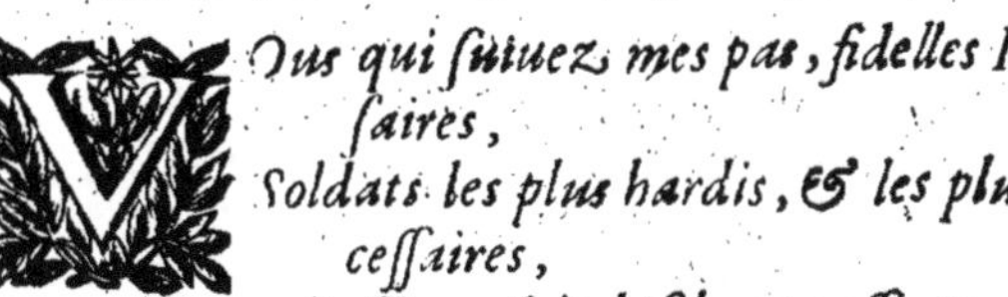

Ous qui ſuiuez mes pas, fidelles Ianiſ-
    ſaires,
Soldats les plus hardis, & les plus ne-
    ceſſaires,
Par qui l'empire Turc fait de ſi beaux efforts,

Et que l'on peut nommer les nerfs de ce grand corps:
Nous venons en des lieux ou la gloire se treuue;
Ou l'on met le courage, & la force à l'espreuue;
Cette Isle est vn theatre, ou l'on va paroissant;
Ou l'on voit disputer la Croix, & le Croissant;
C'est ou nostre valeur iointe à nostre fortune,
Doit mettre le Soleil, au dessous de la Lune,
Et faire confesser au Chrestien abatu,
Qu'Hector d'où nous sortons, nous donna sa vertu.
Songez mes compagnons, au dessain qui nous meine;
Voyez la rescompence, à la fin de la peine;
Sa Hautesse m'enuoye, en ce Gouuernement;
Nous y trouuons la guerre, & c'est vostre element;
Releuons les debris de cette belle Ville,
Voulez vous vn tombeau plus superbe qu'vne Isle?
Il nous la faut deffendre, ou nous enseuelir
Sous ces mesmes ramparts qu'on vient de desmolir.

VN IANISSAIRE.

Ne craignez pas Seigneur, qu'au milieu de l'orage,
Nous soyons des Nochers à manquer de courage;
La Mer peut s'esmouuoir, & le Ciel peut tonner,
Mais rien de tout cela, ne peut nous estonner:
Nous auons l'esprit ferme, & l'ame preparée;
Nous croyons vn destin d'eternelle durée,

De qui l'arrest fatal ne se peut esuiter,
De sorte qu'il n'est rien, que nous n'osions tenter.
Apres auoir chaßé les Chrestiens d'vne Terre,
Ou nous vient d'amener la fortune & la guerre,
Portons si vous voulez nos trauaux plus auant,
Et que tous les Climats, adorent le Leuant.
Faisans craindre par tout, la force de nos armes,
Noyons toute l'Europe, & de sang, & de larmes;
Que tout cede aux efforts, de nos bras indomptez;
Que tout ne prenne loy, que de nos volontez;
Et par cette valeur à qui tout est facile,
Que l'Alcoran enfin esteigne l'Euangile:
C'est le fameux laurier que l'honneur nous promet,
Pour seruir le Sultan, vray fils de Mahommet.

HASAN.

Genereux Musulmans, l'ardeur qui vous anime,
Aura sa rescompence, en suite de l'estime,
Et domptant l'Apennin, ainsi que le Liban,
Nous mettrons la Thiare, au dessous du Turban:
La mer pleine d'orgueil, n'a point assez de vague,
Pour enfermer nos cœurs, dedans l'Archipelague,
Et deuant qu'estre au point ou ie veux paruenir,
Les cornes du Croissant, pourront tout contenir.
Mais i'entends l'Atabale, Hali sort de sa Tente,
Pour remettre en mes mains vne charge importante;

C'eſt ainſi que chacun doit faire ſon debuoir:
Monſtrons luy ſon congé, compris dans mon pouuoir:
Je dois reſter dans l'Iſle, & l'on veut qu'il en ſorte,
Pour s'en aller apres rendre compte à la Porte.
En faiſant ton deuoir, comme ie fais le mien,
Viens voir ce que t'eſcrit, mon Seigneur, & le tien·

SCENE II·

HALI , YBRAHIM , Troupes de
Ianiſſaires

HALI.

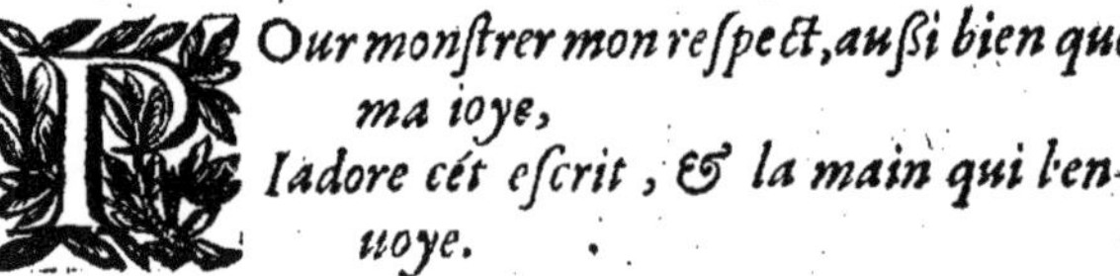

Our monſtrer mon reſpect, auſſi bien que
ma ioye,
I'adore cét eſcrit , & la main qui l'en-
uoye.

LETTRE,
POVR HALI MON ESCLAVE.

Obſerue mon commandement;

Et remets ton Gouuernement,
Entre les mains d'Hasan, ton Maistre te l'ordonne:
Et viens receuoir en personne,
Le salaire, ou le chastiment.

SVLTAN SELIM.

Quand vn ordre nous vient d'vne telle puissance,
La gloire d'obeyr, est vne rescompence:
Ie vous remets la place, et les Soldats aussi;
Et les marques du rang que ie tenois icy.
Compagnons de ma gloire, ainsi que de ma peine,
Imitez le respect de vostre Capitaine,
Car vous y trouuerez de l'honneur & du bien;
Vous voyez vostre Chef, & ie ne suis plus rien.

VN IANISSAIRE.

Viue le Grand Seigneur, & celuy qu'il enuoye:

VN AVTRE IANISSAIRE.

Viue Hazan Bacha, pleind d'honneur & de ioye.

IBRAHIM.

Vous qu'il a commandez, & qu'il quite auiourd'huy,

Soldats, on vous permet de vous pleindre de luy,
S'il n'a pas bien vescu formez en vostre pleinte,
Comme il est sans pouuoir, soyez aussi sans crainte.

VN IANISSAIRE.

Il nous a gouuernez auec tant d'equité,
Qu'on ne peut l'accuser, sans trop de lascheté.

HAZAN.

Il reste maintenant, que vous veüilliez m'instruire,
De l'estat du pays, pour m'y pouuoir conduire.

HALI.

Vous trouuez vn Estat encor mal affermy,
Vous viurez en ces lieux auec vostre ennemy,
Sous vn joug si pesant, le peuple qui souspire,
Ne fait de vœux au Ciel, que contre nostre Empire:
Vous deuez vous garder dedans, comme dehors,
Et ne dormir iamais de l'esprit ny du corps:
Craindre tout, voir par tout, & tascher de sur-
     prendre,
Les pensers dans le cœur, afin de s'en deffendre,
Sur le moindre soupçon, punir seuerement,
Regner par la frayeur, c'est regner seurement,
En tout cas il vaut mieux que l'innocent patisse,

Que souffrir le coupable, à faute de iustice;
Il vaut mieux oprimer, que se voir oprimé;
Et l'on doit estre craind, ne pouuant estre aymé.
Il ne reste aux Chrestiens qu'vn fort en toute l'Isle,
Il n'incommode point, ny la mer, ny la ville;
Ioinct qu'on peut en deux Mois le prendre à coup de
     main,
Ou sinon, l'inuestir, & l'auoir par la faim.
Vos Troupes sont de force, & d'ardeur animées,
Pleines de bons Soldats, & de plus bien armées;
L'argent pour les payer ne peut manquer encor,
Tout celuy de la ville, estant dans vn thresor:
Pour les munitions, & de guerre, & de bouche,
De deux ans pour le moins, qu'aucun soin ne vous
     touche:
Ie vous laisse muny de tout abondamment ;
Voila quel est l'estat de ce Gouuernement.

HAZAN.

Cet aduis me suffit : mais quel homme s'aproche?

SCENE

SCENE III.

ISAC, LEONISE.

ISAC.

Eigneurs, quelqu'vn de vous à t'il vn
   cœur de roche,
Impenetrable aux dards que l'ancent
   deux beaux yeux,
Plus clairs , & plus perçants , que n'est celuy des
   Cieux ?
N'a t'il iamais aimé?ny connu cette flame,
Qui d'vn œil passe en l'autre , & de l'œil iusqu'en
   l'ame ?
Qu'il vienne voir l'obiet, que ie conduis icy,
Et perdre sa constance, & sa franchise aussi;
Et puis, pour soulager cette nouuelle peine,
Esclaue bien-heureux, qu'il achette sa Reine,
Douze mille Sequins, l'en mettent en pouuoir;
Et ce prix, ne vaut pas le plaisir de la voir;

E

HAZAN.

Souuent on dit Soleil, ce qui n'est pas estoile ;
Pour nous en esclaircir, qu'elle hausse le voile.

ISAC.

Voyez (loing de flatter de si charmans appas)
Si la vendant si peu, ie ne la donne pas ;

LEANDRE.

O Dieu c'est Leonise !

HAZAN.

O meruedle adorable !

HALI

Le Serrail du Sultan, n'a rien de comparable ;

IBRAHIM.

L'esclat de ce visage, esblouit ma raison ;
Elle porte des fers, & nous met en prison ;

ISAC.

Voyez, cét abregé de tant de belles choses,
Ce m'eslange confus, & de lis, & de roses,

Ce taint vif, et si net, ces perles, ce coral,
Ce regard si modeste, & qui fait tant de mal,
Cette taille, ce port, & cette bonne mine,
Que la maiesté suit, alors qu'elle chemine.

LEONISE.

Monstre, sorti d'enfer, pour me persecuter,
Quelque mauuais demon, t'apprend à me flatter.

ISAC.

Au reste, son esprit qui de vaincre a l'vsage,
Dispute de beautez, auecques son visage.

HALI.

Entre dans cette Tente, On t'y satisfera.

HAZAN.

Demeure dans la mienne on te contentera.

HALI.

Iay parlé le premier, c'est pour may la Chrestienne.

HAZAN.

De plus fortes raisons, la pourroient rendre mienne,
Mais aucun de nous deux, n'en doit auoir l'honneur,

Et ie prends cette Esclaue, au nom du grand Sei-
    gneur;
Nous verrons maintenant, si quelqu'vn à l'audace,
D'oser choquer son Maistre, & d'occuper sa place;
Qui me la veut oster?

HALI.

                Moy ; qu'vn mesme dessein,
Porte à faire ce choix, pour nostre Souuerain :
Il est plus à propos que ie la luy presente,
Ie n'ay plus que l'espoir, ta fortune est presente;
Tu restes Gouuerneur, ie m'en vay sans pouuoir;
Et c'est par cet obiet, que i'espere en auoir.
Ne t'obstines donc plus au dessein de me nuire,
Et puis que ie m'en vay, laisse la moy conduire :
Regle mieux tes desirs, rends les plus complai-
    sans ;
Et songe qu'vn Royaume, est à toy, pour trois ans :
Tu vas rester dans Chipre, & ie vay dans la Thra-
    ce,
Si bien que tu me doibs accorder cette grace,
C'est à moy qu'apartiept, l'heur de la presenter,
Et tu n'as pas raison de me le disputer :
I'ay parl' le premier, & quoy qu'il en aduienne,
Il faut auoir ma vie, auant que la Chrestienne.

LEANDRE.

A ce cruel obiet, qu'est-ce qui me retient!
Ils disputent entre eux, vn bien qui m'apartient.

LEONISE.

Seigneurs, accordez vous ; apaisez cette guerre;
Vous la pouuez finir d'vn coup de Cimeterre,
Qui m'emporte la teste, & nous mette en repos :
Ne vous aigrissez plus, d'inutiles propos ;
Songez, en disputant pour vne infortunée,
Que tout cœur genereux, se fait sa destinée :
Dans le plus grand orage, il voit tousiours vn port,
Ou le peut faire entrer sa constance, & la mort.
Quand vn cœur est touché de cette illustre enuie,
Il voit mille sentiers, pour sortir de la vie:
Lors que vous disputez, pour sçauoir qui m'aura,
Vous disputez vn prix, qui vous eschapera.
Accablez moy de fers, obseruez tous mon ame,
Ostez moy les poisons, les poignards, & la flame,
Ces inutiles soings, ne m'empescheront pas,
De sauuer mon honneur, par vn iuste trespas.
Celle qui ne meurt point, en se voyant poursuiure,
Monstre qu'elle à voulu faire vne faute, & viure:
La force est vn pretexte, aussi foible, que faux:

On ne veut point guarir, quand on souffre ces maux:
Pour moy, qui veux dompter le malheur qui m'o-
        presse,
Ie fais cas de Porcie, & ie blasme Lucrece;
Le poignard de Tarquin, cust deuancé le mien;
Et qui cherche la mort, ne sçauroit craindre rien,
Celuy qui parmy vous ennuyé de ses peines;
Tira sa liberté, des barreaux, & des chaines;
Quj s'escrasa la teste, afin de se sauuer,
Montre qu'en tous endroits, la mort se peut trou-
        uer:
Ainsi ne croyez pas regler mon aduanture,
Dans le choix du Serrail, ou de la sepulture,
Ie ne balance point; & malgré vos efforts,
L'ame qui doibt regner, disposera du corps.

LEANDRE.

O celeste vertu, qui n'eus iamais d'exemple,
Dans le cœur des mortels, tu doibs auoir un Temple.

HALI.

Enfin c'est trop resuer, resouds toy promptement,
Songe à ce que tu fais, & parle clairement.

♦ HAZAN.

Il me semble Hali que tu me doibs entendre:

HALI.

Explique toy pourtant;

HAZAN.

Ie ne la veux point rendre.

HALI.

L'interest d'vn amy ne te sçauroit toucher?

HAZAN.

Le mien auec raison, me doibt estre plus cher.

HALI.

Tu te vois establir, & ie cherche de l'estre?

HAZAN.

Ie veux me conseruer dans l'esprit de mon Maistre:

HALI.

Assez d'autres debuoirs, pourront se l'obliger.

HAZAN.

Qui s'y veut maintenir, ne doit rien negliger.

HALI.

Veux tu perdre vn Ami, gagnant vne Prouince?

HAZAN.

I'aime mieux perdre tout que l'amitié du Prince.

HALI.

I'ay parlé le premier, c'est moy qui doibs l'auoir.

HAZAN.

Reste dans le respect, tu n'as plus de pouuoir.

HALI.

Ie ne sçaurois souffrir qu'elle me soit rauie,
Resouds toy de m'oster, ou de perdre la vie.

HAZAN.

Ha c'est trop insolent!

HALI.

HALI.

Ha ne m'irrite pas,

HAZAN.

D'icy viendra ta mort,

HALI

Ou de la tou trespas.

VN IANISSAIRE.

Que faites vous Seigneurs? qu'elle rage insensée,
Contre vostre deuoir, regne en vostre pensee?

IBRAHIM.

La fortune me rit, tout conspire à mon bien;
Ie l'auray sans peril, & sans en donner rien.
Terminez ces debats, dont la cause est legere,
Par vn moyen aisé que le Ciel me suggere:
Qu'elle soit à tous deux, contentez vos esprits;
Et n payez chacun, que la moitié du prix.
Pour auoir du Sultan, la gloire meritee,
Qu'au nom de tous les deux elle soit presentee:

Ainſi chacun de vous, aura part au plaiſir,
Et chacun obtiendra, la fin de ſon deſir.
Mais pour vous accorder, il ſera neceſſaire,
Que de ce beau preſent, ie ſois depoſitaire:
Quand aux frais du voyage, ils ſeront faits par moy,
Auec tout le reſpect, que l'on doit à ſon Roy:
Ie croy que c'eſt ainſi que peut aller la choſe,
Si l'on eſt ſatisfait, de ce que ie propoſe.

HALI.

I'y conſents;

HAZAN.

Ie le veux.

IBRAHIM.

Suy nous; viens receuoir;
Les douze mille eſcus, que tu veux en auoir:
Ce bon commencement, promet la fin heureuſe.

HALI.

Cachons pour les tromper noſtre flame amoureuſe.

HAZAN.

Ma bouche vous deçoit, mon cœur n'est point changé:

ISAC.

Tu vas estre punie, & ie seray vangé:

LEONISE.

Inutiles projets, dont leur ame se pippe,
Vous estes des brouillards, que le Soleil dißipe.

F ij

SCENE IV.

LEANDRE, MAHAMVT.

LEANDRE.

Olere du Ciel tu vas au dernier point !
Ils mettent à vil prix, vn bien qui n'en à
    point !
Celle qui doibt regner , est esclaue elle
    mesme !
On m'arrache le cœ[illegible] que i'aime!
On la force de sui[illegible] humain,
Insuportables fers [illegible] main.
Non, non, ne souff[illegible] iniuste contrainte,
Perdons le iugement, [illegible] que la crainte;
Et si rien desormais ne peut nous secourir,
Montrons que nous sçauons nous vanger, & mourir,
Et quoy, souffrirons nous qu'vne troupe barbare.
Puisse ternir l'esclat d'vne vertu si rare?
Ou que pour se sauuer, de leur iniuste effort.

La Reine de ma vie, ait recours à la mort?
L'image du Serrail, dont elle est menacée,
Par la main de l'Amour, dans mon cœur est tracée,
Et ie fremis d'horreur, à me la figurer,
Puis que c'est pour iamais, qu'on nous va separer.
Dure neceßité, qui m'es intolerable,
Fais au moins que le deüil estouffe vn miserable,
Et que le iuste excez, d'vne iuste douleur,
Ioigne son dernier iour, à son dernier malheur.
Mais le foible secours, & la foible alegeance!
Leandre, il faut mourir, mais non pas sans van-
    geance;
A des cœurs genereux, le trespas est permis,
Mais il faut s'enterrer, auec ses ennemis:
Pour perdre ces Geants (Amour) forge des foudres;
Consumons des Palais, mettons la flame aux pou-
    dres;
Et faisant tout perir, en cét embrazement,
Que Nicosie enfin ne soit qu'vn monument:
La diuine beauté, qui regne dans mon ame,
En s'esleuant au Ciel, deuancera la flame;
Et mon cœur emporté, de desirs amoureux,
Reioindra ce bel Ange, en ce lieu bien-heureux.

MAHAMVT.

Modere tes ennuis; le sort la conseruée:

Tu la croyois perduë, & tu l'as retrouuée.

LEANDRE.

Ha c'est la cruauté que i'esprouue en ces lieux!
Le destin me la monstre, & puis l'oste à mes yeux;
Il me l'a submergee, il me la ressuscite,
Mais ie la perds tousiours, tant mon malheur s'ir-
rite.

MAHAMVT.

Espere toutefois; elle vit, et tu vis,
Et tu peux estre heureux, si tu crois mon aduis:
Faisons que le Cadi te demande à ton Maistre;
Ainsi viuant ensemble, & te faisant connoistre,
Nous pourrons nous seruir de quelque inuention,
Pour vous tirer des fers, & de l'affliction;
Trouues tu ce dessain fondé sur l'apparence?

LEANDRE.

Veux tu qu'vn affligé, refuse l'esperance?
Helas, dans vn naufrage, en se voulant sauuer,
On cherche les escueils, quand on les peut trouuer;
On s'attache par tout, tout semble fauorable;

Et tu n'as qu'à conduire vn Amant miserable,
Il suiura les conseils, du meilleur des humains :
Enfin ie te remets mon sort entre les mains ;
Sois en Maistre absolu, dispose de ma vie ;
Pourueu que ta faueur satisface l'enuie
Que i'ay de voir encor cét objet sans pareil,
Mon sang sera trop peu, pour payer ce conseil.

MAHAMVT.

Je veux ou te sauuer, ou me perdre moy mesme :

LEANDRE.

I'adore ta vertu, plustost que ie ne l'aime :
Mais es tu bien certain que ton Maistre auiourd'huy,
Veuille m'auoir du mien, ou m'obtienne de luy ?

MAHAMVT.

Comme ce vieux Cadi n'a qu'vne ame imbecile,
Sçaches qu'aupres de luy, ie trouue tout facile :
Ouy, si iel'entreprends, il est en mon pouuoir ;
Et ie veux mesme encor, qu'il brusle de t'auoir.
Pour la difficulté de te changer de Maistre,

Le mien par ces deux rangs & de Iuge, & de Prestre,
Et si fort reueré, qu'on n'a garde d'ozer,
Ny chocquer ses desirs, ny luy rien refuser;
Ainsi facilement te pouuant introduire,
Donne toy patience, & te laisse conduire.

LEANDRE.

Qu'heureusement pour moy tu me connus au port:
Qu'heureusement apres, ie te compté mon sort:
Je benis la fortune, & ne me pleinds plus d'elle,
Puis qu'elle me presente, un Amy si fidelle.

ACTE III.

HALIME, SVLMANIRE, SAR-
RAIDE, YBRAHIM, MAHA-
MVT, LEANDRE, LEONISE,
PAMPHILE,

SCENE PREMIERE.

HALIME, SVLMANIRE,
SARRAIDE,

HALIME.

 *Vous à qui mon ame ouure tous ses se-*
crets,
Esprits que ie connois fidelles & discrets,
Qui vous interessez, dans tout ce qui me
touche,
Taschez de voir mon cœur, sans implorer ma bouche,

G

Obseruez ma tristesse, & tous ses mouuemens;
Voyez par mes souspirs, quels sont mes sentimens;
Ie veux dire mon mal, & ma bouche ne l'ose;
Mais en voyant l'effect, descouurez en la cause;
Et ne m'obligez point à rougir d'vn propos,
Qui chocque mon honneur, & trouble mon repos.
Hastez vous, car mon mal accroist sa violence,
Par la iuste pudeur qui m'oblige au silence.
Mais bon Dieu, que la pleinte à de charmans appas!
Par elle ie fais voir, ce que ie ne dis pas;
Mon cœur se veut fermer, & cette pleinte l'ouure,
Ie veux cacher ma flame, & ie vous la descouure;
Enfin confessez moy, qu'à trauers ce discours,
Vous voyez la douleur, qui menace mes iours.

SVLMANIRE.

Mon esprit tout confus, & tout remply de crainte,
Ne sçauroit voir encor d'où prouient cette pleinte.

SARRAIDE.

Le mien est plus sçauant en l'art de deuiner;
Vous auez vn grand mal, qui vous l'a pû donner?
Car enfin vous aymez:

HALIME.

> Il est vray Sarraide:
> La raison m'abandonne, & la fureur me guide;
> L'Amour plus fort que moy, s'est rendu mon vain-
>   queur;
> Mes yeux qui m'ont trahie, ont fait prendre mon
>   cœur;
> Et l'adorable obiet qui regne en ma memoire,
> Esleue de ma perte, vn trophée à sa gloire,
> Ie mets les armes bas, ie cede à son pouuoir,
> Il me combat, il vainc, & tout sans le sçauoir.

SVLMANIRE.

> On m'a dit autrefois que cette iniuste flame,
> Dans son commencement, peut s'esteindre en vne
>   ame,
> Mais que si l'on n'y pense, apres dans vn moment,
> Rien ne peut s'opposer à cét embrasement,
> Sauuez vous donc Madame, auant qu'elle s'aug-
>   mente.

SARRAIDE.

> O le foible secours pour sauuer vne Amante

Qu'en matiere d'amour, ton cœur est mal instruit?
Au lieu de se sauuer, soy mesme on se destruit;
Et tous les vains efforts que la vertu peut faire,
Ne sçauroient nous guarir d'vn mal si necessaire.

SVLMANIRE.

Quand on n'escoute pas la voix de la raison,
Il est vray que ce mal n'a point de guarison,
Quand vne ame se plaist de s'en voir consommée,
Au mespris de l'honneur, & de la renommée,
Qu'elle cherche l'obiet, qui l'a peut captiuer,
Aucun il est certain, ne la sçauroit sauuer;
Il faut vaincre en fuyant, vn œil remply de charmes:

SARRAIDE.

Contre vn tel ennemy, la raison n'a point d'armes;
Peux tu gouster la tienne, ainsi foible qu'elle est?
Le moyen de bannir vn obiet qui nous plaist?
Qui s'attache à nostre ame, & dont la force extreme,
Nous fait moins viure en nous qu'aux personnes
*   qu'on ayme?*
Le moyen de bannir du cœur comme des yeux,
L'inseparable obiet qui nous suit en tous lieux?
Non, non, il faut aymer, quand le destin l'ordonne:
Fermez, fermez l'oreille, aux conseils qu'elle donne;

Voſtre Eſpoux eſt ſi vieux, & prés du monument,
Que la raiſon s'accorde, à voſtre changement:
Gouſteʒ donc les plaiſirs ou l'age vous conuie;
Aimez, ſoyez aimée, vſez bien de la vie;
Aprouueʒ mes conſeils, & perdeʒ en ce iour,
Ce fantoſme d'honneur, qui s'oppoſe à l'Amour.

HALIME.

Ouy, ie cede à l'Amour, ſa force eſt abſoluë:
Tu me dis vne choſe, ou i'eſtois reſoluë:
Mais Dieu, pourras tu croire en ce mal que ie ſens,
Qu'vn Eſclaue eſt mon Maiſtre, & qu'il regne en
　　mes ſens?
Vn Eſclaue me dompte; il fait que ie ſouſpire;
Et tout chargé de fers, il fonde ſon Empire.

SVLMANIRE.

Quand vn obiet ſi bas, occupe nos eſprits,
Nous meſmes deuenons vn obiet de meſpris.

SARRAIDE.

Et pourquoy ſon ardeur ſeroit elle blaſmable?
Ne doit on pas aimer, ce que l'on trouue aimable?
Pour vn cœur que l'Amour menace du treſpas,

Le Sceptre & la Houlette, ont les mesmes appas:
Nous cherchons en aimant, d'vne ardeur peu com-
     mune,
Les dons de la Nature, & non de la fortune:
Mais ne sçaurons nous point le nom, & le seiour,
De l'Esclaue qui regne, en l'Empire d'Amour?

HALIME.

Leandre, hâ ce beau nom qui me remplit de flame,
Est le nom du Captif, qui regne dans mon ame.

SARRAIDE.

Celuy dont le Bacha fait present au Cadi?

HALIME.

C'est celuy qui me blesse, & celuy que ie dy.

SARRAIDE.

Il a des qualitez dignes de vostre estime:

HALIME.

Il a des qualitez, qui font mourir Halime;

Et ie trouue aux regards de ce parfait Amant,
Vn pouuoir tirannique, außi bien que charmant,
A l'instant que i'ay veu son aymable visage,
Ma debile raison, a perdu son vsage;
Son aspect m'a rauy repos & liberté;
Et m'a fait de l'amour, vne neceßité.

SARRAIDE.

Douce neceßité, quand on a l'aduantage,
D'auoir ainsi que vous, les beautez, en partage;
Et qu'on est assuré, se voyant enflamer,
Que l'on nous aymera, comme on se fait aymer.

HALIME.

En vain pourtant mes yeux ont fait agir leurs char-
*   mes;*
Il n'y voit point l'amour, à trauers de mes larmes;
L'insensible qu'il est, d'vn air malicieux,
Feint de n'entendre pas le langage des yeux.

SARRAIDE.

Ioignez donc pour banir la crainte qui le touche,

Au langage des yeux, le discours de la bouche.

HALIME.

Iaime, i'ay des desirs, & ie me sents brusler;
Mais ie mourray pourtant, sans que i'ose parler;
Vois donc en ce conseil, qu'elle erreur est la tienne:

SARRAIDE.

Seruons nous pour cela de l'Esclaue Chrestienne:
Qu'elle parle pour vous à ce ieune vainqueur;
Et pour rompre ses fers, qu'elle en donne à son cœur.
Flattons la par l'espoir; disons qu'il est facile,
De luy faire reuoir les costes de Sicile;
Et que sa liberté sera le digne prix,
Que vous ordonnerez au soing qu'elle aura pris:
Enfin, promettons luy tout ce qu'elle souhaite,
Pourueu que sa faueur vous rende satisfaite:
A la guerre, à l'amour, l'artifice est permis,
Pour vaincre les Amants, comme les ennemis.

HALIME.

Ie crain ls qu'vn tel agent, ne me soit pas fidelle,
Ce Captif a des yeux, & cette Esclaue est belle.

SARRAIDE.

SARRAIDE.

Comme elle est destinée au lict du grand Seigneur,
Elle ne songeroit qu'à ce supreme honneur:
Mais ce cœur insensible, à ce que ie remarque,
Pense moins au Serrail qu'au sejour de la Parque:
Si bien que tant d'esclat, ne pouuant la tenter,
Vostre esprit sur ce poinct, n'a rien à redouter.

HALIME.

Tasche donc de la voir, & de luy faire entendre,
Le seruice important, que sa voix me peut rendre:
Je remets en tes mains, mon desir amoureux,
Et par toy mon esprit espere d'estre heureux.

SARRAIDE.

Vous ne manquerez pas d'vn seruice fidelle,

SVLMANIRE.

Iuste Ciel, on la perd, en ce soing qu'on prend d'elle.

HALIME.

Va donc, mais promptement, & sans plus de seiour,
Puisque l'impatience, est compagne d'amour.

H

SCENE II.

IBRAHIM, MAHAMVT,
LEANDRE.

IBRAHIM.

Nfin par ce discours, iugez qu'elle est
ma peine ;
Ie soüffre la torture, en mon ame incer-
taine ;
Cent maux sont attachez, à cét amour naissant
mais ie suis tousiours foible, il est tousiours puissant.
Mon age, mon office, & le respect d'vn Maistre,
Taschent de l'estouffer au poinct qu'il vient de naistre,
Mais pour moy la raison a des soings superflus,
Ie ris de ses conseils, & ne l'escoute plus.
Quand pour gagner l'obiet dont mon ame est rauie,
Ie deurois hazarder ma fortune & ma vie ;

LIRE PAGE (S)   59
AU LIEU DE PAGE (S)   95

Quand ie ſerois certain de me voir obligé,
D'aller porter ma teſte au Sultan outragé;
Quand meſme le Sultan pourroit voir en mon ame,
Cette illicite ardeur qui la reduit en flame,
Il faut que ie la montre aux yeux qui m'ont charmé,
Et qu'Ibrahim periſſe ou bien qu'il ſoit aimé.
O vous qui connoiſſez cette belle Captiue,
Faites par vos conſeils, que voſtre Maiſtre viue,
Et qu'il doiue à vos ſoins, le reſte de ſes iours,
La fin de l'entrepriſe, & l'heur de ſes amours.
Mais ſi vous me tirez de cette inquietude,
Sçachez que mon eſprit n'a point d'ingratitude,
Mahamut obtiendra, plus qu'il n'a ſouhaité,
Et Leandre, pour prix, aura ſa liberté.

MAHAMVT.

Pourueu que nous puiſſions nous trouuer aupres d'elle,
Vous n'y manquerez point d'vn ſeruice fidelle;
L'adreſſe de l'eſprit, ne s'eſpargnera pas,
Pour vous rendre vainqueur, de ſes charmans appas.
Que voſtre ame reſiſte, au ſoing qui l'importune,
Allez offrir des vœux, a la bonne fortune;
Si dans ce haut deſſein, que nous entreprenons,
Nous ne ſommes heureux, & ne vous couronnons,
La place pour le moins, ſera bien attaquée.

H ij

IBRAHIM.

Ma charge (eſtant Midy) m'apelle à la Moſquée,
Mais ne m'y ſuiuez pas, & ſans plus diſcourir,
ſçachez ſi ie doibs viure, ou ſi ie doibs mourir.

MAHAMVT.

Si ſon cœur n'eſt de glace incapable de flame,
Leandre aſſurement, pourra toucher ſon ame;

LEANDRE.

Ouy, ie promets d'agir plein de zele & de foy,
Auec autant d'ardeur, que ſi c'eſtoit pour moy.

IBRAHIM.

Afin de l'obliger contre noſtre couſtume,
Je viens de donner ordre à l'Eunuque Iſotume,
De laiſſer chaque iour entrer facilement,
Mes Eſclaues Chreſtiens, dans ſon apartement.

LEANDRE.

Admire Mahamut, mon aduanture estrange!
Remarque en quel estat, la fortune me range!
Considere l'employ que l'on m'offre en ces lieux!
Et vois tomber sur moy la colere des Cieux.
Helas, que mon destin a d'estranges caprices!
Qu'il est ingenieux, & qu'il à de malices!
Ses bizarres effects, estonnent ma raison.
Et font que mon desastre est sans comparaison,
I'aime, ie suis hay; ma Mestresse, est captiue;
Ie tasche à la sauuer, la tempeste m'en priue;
Ie la vois destiner au lict du Grand Seigneur;
Et pour dernier effort, de mon dernier malheur,
On veut que seduisant sa vertu par mes charmes,
I'aille m'oster la vie, auec mes propres armes.
O sort fier ennemy, qui chocquez mon bon-heur,
Ostez moy le repos, mais laissez moy l'honneur:
De cette laschqté, mon ame est incapable;
Faites vn malheureux, & non pas vn coupable;
Acheuez de me perdre afin de m'obliger;
Et me faites mourir, au lieu de m'affliger:
Ie ne veux point de vous, vne faueur plus grande,
C'est ce que ie merite, & ce que ie demande.

MAHAMVT.

Vostre esprit inuentif à se persecuter,

H iij

Pleure, souspire, & pleind, quand il deburoit chan-
ter :
Par la meslancholie, ou vostre humeur incline,
Vous negligez la rose, & vous prenez l'espine :
Et pareil aux serpents, en respandant des pleurs,
Vous meslez du venim, dans les plus belles fleurs.
Que voulez vous du sort? il sauue Leonise,
Et vous le querellez, quand il vous fauorise?
Vous desirez la voir, il y consent aussi,
Et puis vous l'accusez quand il vous traicte ainsi!
Non, non, n'abusez pas de sa faueur offerte :
Perdre l'occasion, est vne grande perte :
Seruons nous bien du temps ; & sans plus differer,
Allez voir Leonise :

LEANDRE.

Ou plustost l'adorer :
Mon ame à ce beau nom de tristesse abatuë,
Tasche de resister à l'ennuy qui la tuë ;
Allons cher Mahamut ;

MAHAMVT.

Ie vous suiuray de loing :

LEANDRE.

L'amour de la vertu, ne craind pas de tesmoing:

MAHAMVT.

Laissez vous gouuerner, au conseil qu'on vous
donne:

LEANDRE.

Pour en craindre l'effect, la cause en est trop bonne:
Mais connoissant l'esprit, qui tient ma liberté,
Ne me resiste plus, & suis ma volonté.

SCENE III.

SARRAIDE, LEONISE,

SARRAIDE.

Vy, si tu viens à bout de ce qu'on te pro-
pose,
Demande ta franchise, espere toute cho-
se;
Il n'est rien de si grand, qu'on ne t'offre auiourd'huy,
Pourueu que cét amour soit bien receu de luy.
Va, ne perds point de temps, tasche de le surprendre,
Et sur tout, souuiens toy, qu'il s'apelle Leandre.

LEONISE.

Infame, & lasche esprit, au crime abandonné,
Sais toy mesme vn conseil, que ta voix m'a donné.

Ton

Ton ame est bien plus propre, à ce vil exercice;
Sçaches que la vertu, n'obeyt point au vice:
Et que la liberté n'a point assez d'appas,
Pour obliger la mienne, à faire ce faux pas.
L'honneur est vn thresor, d'vn prix inestimable,
On le doibt seul aymer, comme il est seul aymable;
Tout le reste des biens, sont de l'ombre, & du vent,
Par qui l'ame se trompe, & se perd bien souuent.
Dessin iniurieux, qui fais naistre mes peines,
Tu peux m'oster la vie, ou m'accabler de chaines;
Mais mon cœur genereux, ne peut estre abatu,
Ataque ma fortune, et cede à ma vertu.
Mais que dis-ie mon cœur, tu n'as pu te deffendre:
On vient de te blesser, par ce nom de Leandre;
Et le cher souuenir, d'vn si parfaict Amant,
De ton ingratitude, à fait ton chastiment.
Choix peu iudicieux, amour si mal fondée,
Suplice de mes sens, laide & cruelle idée;
Augmente ta rigneur, afin de me punir:
Peinds moy ces deux Amans, ie veux m'en sou-
    uenir.
O vertu de Leandre, aymable, & mesprisée!
Lascheté de Pamphile, à tort fauorisée!
Refus du vray merite, amour de faux appas;
Iugement aueuglé, qui ne discernois pas;
Auarice honteuse, & qu'on veid sans esgalle;
Effects miraculeux, d'vne ame liberalle;

I

Enfin, amour, mespris, conftance, laschęté,
Faites moy tout souffrir, car i'ay tout merité,
Mais que vois-ie bon Dieu! quel obiet se presente,
Sous la plus laide forme, & la plus desplaisante,
Que l'Enfer pust offrir à mes yeux effrayez?
Demons, oftez la moy, vous qui me l'enuoyez.

SCENE IV.

PAMPHILE, LEONISE,

PAMPHILE.

*Merueille, c'eft elle?*

LEONISE.

Arrefte on te l'ordonne,
On ne doibt point chercher vn bien qu'on abandonne:
N'approche point de moy, tu perdrois tes efforts:
Dragon toufiours veillant, va garder tes threfors.

Auare & lasche esprit, indigne de la flame,
Qu'vn foible & faux esclat, alluma dans mon ame,
Comme les seuls metaux, ont droict de te toucher,
Me prends tu pour de l'or, toy qui me viens chercher?
Pense tu que ce iour, sorte de ma memoire,
Ou mourut mon amour, aussi bien que ta gloire?
Et qu'en ces lieux d'horreur, & de pleinte, & d'effroy,
Mon cœur ne songe plus, que i'y languis par toy?
Le temps, pour t'obliger, n'a point assez d'années;
Les peines que i'endure, & que tu m'as données,
M'offrent à tous momens, le souuenir resté,
Et de mon imprudence, & de ta lascheté.
Mais non, espere tout; tu n'as plus rien à craindre,
Ie connois auiourd'huy, que i'eus tort de me plaindre:
Ton cœur auoit raison; & ie ne valois pas,
Cette immense rançon de vingt mille ducats.
O le plus desloyal, de la terre où nous sommes,
Seul crime de mon ame, & deshonneur des hommes,
Apres tant de malheurs, que tu pus esuiter,
Oses tu voir ces fers, que tu me fais porter?
Va, ne m'aproche plus, ton œil me desespere:
Rends moy la liberté, mon Amant, & mon Pere;
Et si ce grand effect, n'est pas en ton pouuoir,
N'augmente point mes maux, de celuy de te voir.

PAMPHILE.

Confus & repentant d'vne faute innocente,

I ij

Les foudres d'vne voix, si rude, & si puissante,
Estonnent ma raison qui ne s'ose fier,
A l'espoir qu'elle auoit de me iustifier:
Mais si vons permettiez, à mon ame abatuë,
D'opposer son discours, à celuy qui la tuë,
Peut-estre....

LEONISE.

Tu parois dans mon sort rigoureux,
Aussi froid orateur, comme froid amoureux:
Ta deffence meschant, irrite ma colere:
Mais il te reste encor, vn moyen de me plaire.

PAMPHILE.

Dites moy quel il est, si vous le trouyez bon:

LEONISE.

De ne me voir iamais, & d'oublier mon nom:
Va t'en sans repartir:

PAMPHILE.

O fureur non preueuë !

LEONISE.

Oste moy de la gesne, en t'ostant de ma veüe :

PAMPHILE.

Il luy faut obeyr :

LEONISE.

Va, ie ne vallois pas,
Cette immense rançon, de vingt mille ducats
O souuenir amer, de mes erreurs passées,
Triste & funeste obiet, de toutes mes pensées,
Falloit-il que le sort vint encor augmenter,
Le droict que vous auez de me persecuter ?
Et que ce lasche Amant, eust encores l'audace,
De s'offrir à mes yeux, apres tant de disgrace?
Ouy, ce dernier suplice, est le plus grand de tous,
Et l'ayant merité, i'en doibs souffrir les coups.
Mais bon Dieu qui s'aduance : ô iour plein de mer-
     ueille,
En voyant le Soleil, ie doute si ie veille ;

                                        I iij

Mon esprit qui s'estonne, à peine à conçeuoir,
Ce que mon œil luy montre, ou ce qu'il pense voir.
Contraires opposez, que le destin m'enuoye,
Vous ioignez dans mon cœur, la douleur à la ioye.

SCENE V.

LEANDRE, LEONISE, MAHAMVT.

LEANDRE.

*E ne viens point icy, beau chef-d'œuure*
des Cieux,
Porté comme autrefois, d'vn vol auda-
Cieux,
Qui sans voir le danger, que l'orgueil se prepare,
M'aprochoit du Soleil, sur des aisles d'Icare:
Ie ne viens point icy, poussé par mes desirs,
Troubler vostre repos, & chocquer vos plaisirs,

Bien que mon cœur bruſlé, ſoit touſiours dans la
   flame,
Enfin le iugement, fait mieux agir mon ame;
Et ſans briſer mes fers, ny rompre ma priſon,
Ie n'ay pas moins d'amour, mais i'ay plus de raiſon.
Ouy, i'ay veu mes defauts, i'ay connu vos merites;
Et comme tous les deux n'auoient point de limites,
Et que mon cœur pourtant, vouloit vous adorer,
Pour aymer ſans faillir, i'aime ſans eſperer.
Dans la belle amitié, l'intereſt eſt blaſmable;
On doibt aimer l'obiet, par ce qu'il eſt aimable;
Ne regarder que luy, ſans reffleſchir vers ſoy;
Et tel eſt auiourd'huy, l'amour qui vit en moy.
Ouy, chere Leoniſe, en mon ame bleſſée,
L'ardeur que i'ay pour vous, eſt deſintereſſée;
Et du feu le plus pur, ie me ſents conſumé,
Que le flambeau d'Amour, ait iamais allumé:
Ainſi donc ſoyez moy cruelle, ou pitoyable;
Faites moy bien-heureux, rendez moy miſerable;
Mettez dans mon eſprit, la gloire, ou les tourmens;
I'auray touſiours pour vous, les meſmes ſentimens.
Ie verray vos faueurs comme vne grace inſigne;
Ie prendray vos rigueurs, comme en eſtant bien digne;
Et quelque traitement, que ce cœur puiſſe auoir,
S'il m'eſt encor permis, de ſeruir, & de voir,
Comme c'eſt obtenir la fin de mon enuie,
Ie beniray le coup, qui m'oſtera la vie.

Auſſi veux-ie la perdre, en ce bord eſtranger,
Pour tirer vos beautez, d'vn extreme danger:
Et ſi i'en viens a bout, ainſi que ie le penſe,
L'honneur de vous ſeruir, ſera ma recompenſe;
Qu'vn autre plus aimé, poſſede vos appas,
Leandre qui mourra n'en murmurera pas:
Il veut vous eſtimer, auſſi iuſte, que belle,
Et s'eſtimer heureux, ayant eſté fidelle.

LEONISE.

Ceſſe de m'affliger, & de me reſiouyr;
Ta voix rauit mes ſens, & ie ne puis l'ouyr:
Ta vertu me fait honte, en éſleuant ta gloire;
Ton œil qui plaiſt aux miens, tourmente ma memoire;
Et ta fidelité, quoy que pleine d'appas,
Semble dire à mon cœur, que ie ne la vaux pas.
C'eſt en vain auiourd'huy, que ton diſcours me flate;
En t'apellant conſtant, tu me nommes ingrate;
Et le meſme penſer, qui me parle de toy,
Me remet dans l'eſprit, mon erreur, & ta foy.
Mon cœur ſe reſſouuient, qu'il s'eſt laiſſé ſurprendre;
Qu'il prefera Pamphile, au genereux Leandre;
Et ce dur ſouuenir, eſgalle ſon tourment,
Auecques tes vertus, & mon aueuglement.
Mon cœur ſe reſſouuient, pour me rendre affligée,
Que ie n'ay qu'vne foy, que l'on tient engagée,

Et que

Et que cette parole, ou plustost cette loy, .
M'oste la liberté, de disposer de moy.
Mais si le tiens aigrit, contre ma tirannie,
Vois en voyant ces fers, comme i'en suis punie;
Et si tu vis encor auec ton amitié,
Desarme ta colere, escoute la pitié;
Ne me reproche rien, n'accuse, ny ne blame;
Ie connois mon erreur, i'en ay l'image en l'ame;
Et si tu pouuois voir, ce que le temps a fait,
Ie sçay que ton esprit en seroit satisfait.
Mais ce n'est point icy, que i'en doibs rendre compte;
Accorde cher Amant, le silence à ma honte;
Mon teint te dit assez, que ie souffre du mal;
Parois Amant discret, comme Amant liberal;
Et sois content de voir, apres ma resistance,
Que qui connoist sa faute, à de la repentance.

LEANDRE.

Ie vous l'ay desia dit, i'aime sans interest:
Mon cœur obeyssant, veut tout ce qui vous plaist:
Et ie ne me propose, au dessein que ie tente,
Que de vous rendre heureuse, en vous rendant con-
tente.

LEONISE.

Mais escoute vn effect de ta perfection;

La femme du Cadi, pleine de paſsion,
M'a ſait dire auiourd'huy , que i'aprenne à Lean-
dre,
Que le feu de ſes yeux, l'aua reduire en cendre;
Fairas tu l'inhumain, mourra t'elle d'amour?

LEANDRE.

Et le mèſme Cadi, me commande en ce iour,
De ſçauoir ſi vos yeux, ſont touchez, de ſa peine;
Doit il mourir d'amour ? fairez vous l'inhumaine?

LEONISE.

Que me conſeilles tu?

LEANDRE.

Que me conſeillez vous?

LEONISE.

D'aimer,

LEANDRE.

D'aimer auſsi:

LEONISE.

Qui, cét obiet si doux?

LEANDRE.

Quoy, ma nouuelle Amante?

MAHAMVT.

O quel sujet de rire!
Les fidelles agents, pour vn cœur qui soupire!

LEANDRE.

Bizarre effect du sort, qui fait rire, & qui nuit,
Si dans ce labirinthe, Amour n'est bien conduit!
Ton conseil, est le fil qu'il faudra que l'on suiue:

MAHAMVT.

La femme (à ce qu'on dit) estant vindicatiue,
Gardons de l'irriter, en la tirant d'erreur,
Crainte que son amour, ne se change en fureur,
Et qu'apres sa fureur, ne se change en vangeance:

Trompez donc ces desirs, flattez son esperance:

LEONISE.

Et ce nouuel Amant?

MAHAMVT.

Comme il n'est pas si fin
Vn dessein different, aura la mesme fin;
Laissez moy le soucy, de conduire la chose:

LEANDRE.

C'est sur ton seul esprit, que le mien se repose.

MAHAMVT.

Allons, separez vous, ne perdons point de temps;
Si le sort est pour nous, ie vous rendray contents.

LEONISE.

Separons nous Leandre,

LEANDRE.

O le facheux remede!

Puis qu'il faut vous quiter, ie hay celuy qui m'aide;
Helas, mon protecteur, deuient mon assassin.

MAHAMVT.

C'est ainsi qu'vn malade, outrage vn Medecin:
Mais le remede amer, malgré cette colere,
Ne laisse pas d'agir, & d'estre salutaire;
Et le malade apres recouurant la raison,
Doibt apeller Nectar, ce qu'il nommoit Poison.

LIRE PAGE (S)   78
AU LIEU DE PAGE (S)   87

ACTE IV.

HALI, MVSTAPHA, RODOLPHE,
PAMPHILE, LEONISE, HALIME,
LEANDRE, MAHAMVT,
HAZAN, IBRAHIM,

SCENE PREMIERE.
HALI, MVSTAPHA.

HALI.

L est vray Mustapha, ie suis vn teme-
    raire:
l'offence le Sultan, i'irrite sa colere;
En commettant ce crime, il me faudra
    perir;
Mais n'importe; ie veux le commettre, & mourir.

Ie mespriſe les maux, qui ſuiuent les delices,
Ie marche ſans frayeur, au bord des precipices;
Et pourueu que mon cœur, s'eſleue à ce plaiſir,
Ma cheute deuiendra la fin de mon deſir.
Cette diuine Eſclaue, eſt ſi rare, & ſi belle,
Que tout cœur genereux, doibt tout oſer pour elle:
Et comme aucun mortel ne peut la meriter,
C'eſt par la ſeule mort, qu'il la faut acheter.
Ceſſe donc d'oppoſer tes conſeils, à mes flames;
La peur n'eſbranle point les genereuſes ames;
Ou le danger eſt grand, la gloire l'eſt auſſi;
Et ſouuent les hardis, n'on pas mal reuſſi.
Pour me pouuoir donner vn aduis qui me plaiſe,
Donne moy les moyens d'amortir cette braiſe;
Ouy, ſonge à ma douleur, pour la faire finir,
Et ne regarde point, ce qui peut aduenir.
L'amour & la ſageſſe, eſtant incompatibles,
Ne nous attachons pas aux choſes impoſſibles:
Prenons les biens preſents; taſchons de les auoir;
Et puis laiſſons au ſort, ſon abſolu pouuoir.
Qu'il diſpoſe à ſon gré, du reſte de ma vie,
I'auray tout obtenu, ſi i'obtiens mon enuie:
Parle donc cher Amy, de l'obiet de mes vœux,
Mais ſi tu doibs parler, parle comme ie veux.

MVSTAPHA.

Puis qu'enfin la raiſon eſt ſi mal eſcoutée,

Et que mesme la Parque, est si peu redoutée,
Voicy le seul conseil, ou ie voy quelque iour,
Pour faire que la Mort, ne suiue pas l'Amour.
Prenez vostre despesche; & sortant de la ville,
Doublez le premier cap, du riuage de l'Isle,
Là, tenez vous couuert: & lors que le vaisseau,
Qui doibt dans le Serrail, mettre vn obiet si beau,
Passera deuant nous, abandonnez la roche,
Et faites à l'instant que le vostre l'accroche:
Combatez en Amant, à qui tout est permis,
Et traictez vne fois les Turcs en ennemis.
Car ceux que ie commande, & de qui ie dispose,
Afin de vous seruir, oseront toute chose:
Apres, comme leur crime, au nostre sera ioint,
De peur du chastiment, ils n'en parleront point.
Mais estant le plus fort, ainsi que ie l'espere,
Il faut couler à fond, & Soldats, & Gallere,
Et puis dans quelque temps, leurs Amis affligez,
Penseront que la Mer les aura submergez:
De cette sorte enfin, sans danger, & sans honte,
Vous serez le vainqueur, de l'objet qui vous dompte:
Voila, tout le conseil, que ie vous puis donner;
Et maintenant Seigneur, c'est à vous d'ordonner.

HALI.

Fidelle Mustapha, quel bon demon t'inspire!

Ton

Ton conseil va sauuer, vn Amant qui soupire,
Mais sans perdre le temps, en discours superflus,
Prenons cette depesche, & ne differons plus.
Icy l'amour est ioint, auec l'impatience:
Et la fortune encor, veut de la confiance.
Toutesfois, il vaut mieux les attaquer plus loing:

MVSTAPHA.

Non, croyez moy, Seigneur, il n'en est pas besoing:
Et vous debuez presser, cette affaire importante:
Le vent est inconstant, & la mer inconstante:
Vn orage impreueu, qui vous peut separer,
Vous oste pour iamais, le moyen d'esperer:
Vne seconde ruse, assure la premiere:
Feignez d'estre Chrestien, arborez sa Banniere:
Ainsi vous tromperez, ceux qui vous pourroient voir.

HALI.

O Dieu pour te payer, ay-ie assez de pouuoir

L

SCENE II·

RODOLPHE , PAMPHILE,

RODOLPHE.

*A fille est en ces lieux, & vous l'auez*
trouuée?
Ne me direz vous point, comme elle
est arriuée?
Ha ne me flatte pas, espoir trop tost conceu,
Si pour me deceuoir, son œil s'estoit deceu?

PAMPHILE.

Si ie me suis trompé, i'ay besoin d'Ellebore :
Il n'est rien de pareil, à l'objet que i'adore :
Je la connois trop bien ; & ce qu'elle m'a dit,
N'en laisse pas douter, mon esprit interdit :
Mais la voicy venir, allez, ie me retire,
Parce que ie le doibs, puis qu'elle le desire.

SCENE III.

RODOLPHE, LEONISE,

RODOLPHE.

*A ma fille eſt-ce vous?*

LEONISE.

O Dieu l'eſtonnement,
S'oppoſe dans mon cœur, à mon contentement
Mon Pere, eſt il certain que le Ciel pitoyable,
Ait fait en ma faueur, vn miracle incroyable?
Eſt-ce vous que i'embraſſe? ô celeſte pouuoir,
C'eſt de toy que ie tiens l'honneur de le reuoir:
Apres vn tel plaiſir, cruelle ſeruitude,
I'ay tort de murmurer, tu n'as plus rien de rude:
Ciel, qui guides le cours de ſes ans & des miens,
Ie benirois mes fers, ſi tu rompois les ſiens.

L ij

RODOLPHE.

Et ie mourrois content , si ce reste de vie,
Pouuoit te redonner ta liberté rauie.

LEONISE.

Cher Peres, dite moy par quel estrange sort,
Vn Astre infortuné, vous ameine en ce port?

RODOLPHE.

Apres que la tempeste, aux costes de Sicile,
Eut separé de toy, ton Pere, auec Pamphile,
Nous errasmes long-temps, à la mercy des flots,
Qui surmontoient l'effort, & l'art des Matelots;
Mais enfin ces fureurs estant diminuées,
Et l'esclat du Soleil, dissipant les nuées,
Chipre nous apparoit, & le Corsaire alors,
S'approche, & mouille l'anchre, en ces aimables bords:
Là, deuant que partir, cette ame mercenaire,
Par vn lasche traffic, qui leur est ordinaire,
Nous vendit l'vn & l'autre, au Cadi de ces lieux:
Mais toy, par quel chemin la colere des Cieux,
Aimable & chere fille, autant qu'infortunée,

A t'elle au mesme lieu conduit, t'a destinée ?

LEONISE.

Ie vous le dirois bien, mais quelqu'vn vient à nous :
Cher Pere, auec regret, ie m'esloigne de vous :
Mais viuez cependant, auec cette assurance,
Que ie conserue encor vn reste d'esperance,
Et que le haut dessein, qui se trame pour moy,
Sera pour vous aussi :

RODOLPHE.

Ma fille, ie le croy.

L iij

SCENE IV.

HALIME, LEONISE,

HALIME.

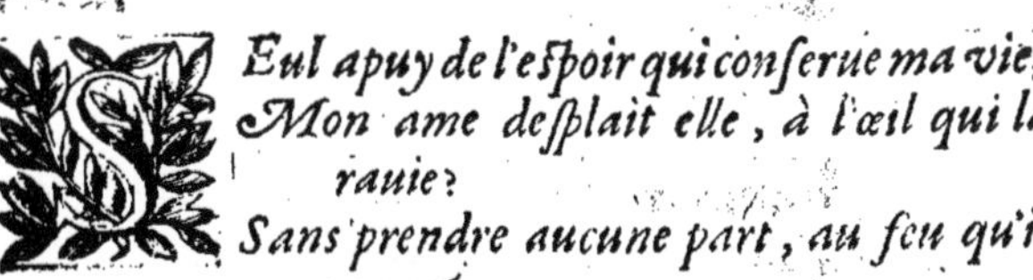

Eul apuy de l'eſpoir qui conſerue ma vie,
Mon ame deſplait elle, à l'œil qui la
    rauie?
Sans prendre aucune part, au feu qu'il
    a causé,
Vn cœur qui s'eſt offert, ſera-t'il refuſé?
Parle, & ne flate point ma pauure ame incertaine?

LEONISE

Si vous ſouffrez, du mal, il n'a pas moins de peine;
Iamais vn feu d'amour, ne fut mieux allumé:
Il aime pour le moins, autant qu'il eſt aimé;
Tant d'ardeur, tant de flame, à paru dans ſa veuë.

Queme sme à son abord, ie me sentois esmeuë:
Ie partageois sa ioye, & voyant son desir,
Mon cœur indifferent, n'estoit pas sans plaisir.
I'ay veu que mon discours, le remplissoit de gloire,
Et que iamais vainqueur, apres vne victoire,
Ne reuint plus superbe,& d'vn front plus content,
Que ce vainqueur vaincu, s'est fait voir à l'instant:
Il aime, assurement, croyez à ma parole:

HALIME.

Que ta voix me soulage,& qu'elle me console:

LEONISE.

Plustost qu'elle te trompe,en ne te mentant pas:
Mais que ces yeux charmants, redoublent leurs
    appas;
Afin de s'assurer leur conqueste nouuelle,
Madame, le voicy; feignez bien aupres d'elle.

SCENE V.

LEANDRE, HALIME, LEONISE.

LEANDRE.

Enez donc escouter vn entretien si doux,
Ce que ie luy diray, ne sera que pour vous.
L'œil qui m'assuiettit, & qui me rauit
    l'ame.
Peut-il causer vn feu, sans en bien voir la flame?
Et comme il est diuin, vn si puissant vainqueur,
Ne voit-il pas l'ardeur, qu'il fait naistre en vn
    cœur?
Peut-il auoir douté, de celle de Leandre,
Luy qui Soleil d'amour, met vn Phenix en cendre?
Non, non, qu'il se regarde, & voyant ses appas,
Ie suis bien assuré, qu'il n'en doutera pas.
Prés d'vn si rare obiet, l'ame la plus farouche,

Se laiſſeroit toucher, au beau traiĉt qui me touche;
Deuant luy tout eſprit doit m'accorder ce point;
Qu'il faut eſtre ſans cœur, ſi l'on ne le perd point.
Que toutes les beautez, que l'vniuers adore;
Que le front du Soleil, & celuy de l'Aurore;
Que l'eſmail, dont les fleurs ont vn luſtre riant,
Que ces pierres de prix, que forme l'orient,
S'oppoſent à l'obiet, qui regne en mes pensées,
Vn ſeul de ſes regards, les peut rendre effacées:
Iugez apres cela, ſi le cœur d'vn mortel,
Peut voir vn ſi beau Dieu, ſans en eſtre l'Autel;
Non, non, luy reſiſter, eſt vn aĉte impoſſible,
Et ie deuois l'aimer, n'eſtant pas inſenſible.
Auſſi ie vous proteſte, & vous iure la foy,
Que cette affeĉtion que vous auez pour moy,
Ne ſçauroit augmenter celle que i'ay conceuë;
Et ſi vous le croyez, vous eſtes bien deceuë;
Car dans l'eſtat de gloire, ou ie ſuis en ce iour,
Vous me verrez ingrat, pour auoir trop d'amour.

HALIME.

Si l'excez de plaiſir, deroboit la lumiere,
Cette heure, ou ie t'entends, deuiendroit ma derniere;
Cher Eſclaue, ma voix ne trouue point d'accents,
Qui puiſſent exprimer, l'aiſe que ie reſſents:
Mais ne trompes tu point vne Amante credule?
M

LEANDRE.

I'aime, ou pluſtoſt i'adore,

HALIME.

Auec ardeur?

LEANDRE.

Ie bruſle.

HALIME.

Et ſeras tu conſtant?

LEANDRE.

Le terme de mes iours,
Pourra ſeul deuenir, celuy de mes amours.

HAILME.

Oſeray-ie le croire?

LEANDRE.

Eſtant ſi veritable,
Nulle incredulité, ne ſeroit raiſonnable.

HALIME.

Quoy , tant d'autres obiets que l'on voit en ces lieux...

LEANDRE.

Vn seul peut arrester, & mon cœur & mes yeux.

HALIME.

Iure le ,

LEANDRE.

Ie le fay :

M ij

SCENE VI.

MAHAMVT, LEANDRE,
LEONISE, HALIME,

MAHAMVT.

*Eandre,*

LEANDRE.

Qui m'apelle?

MAHAMVT.

Ton Maistre te demande:

HALIME.

O fortune infidelle,

Tromperas tu souuent vn cœur remply d'espoir?
Ie te quite; & bien-tost ie viendray te reuoir.

MAHAMVT.

N'ay-ie pas sceu banir, celle dont on se mocque ?

LEANDRE.

De vray, ie commençois à manquer d'equiuoque,
Tu m'as fort obligé, de la tirer d'icy :

LEONISE.

Vostre desguisement, à si bien reußi,
Que i'y trouue suiet de douter & de craindre,
Car peut on s'assurer à qui sçait si bien feindre ?

LEANDRE.

Quand c'est pour vous seruir, i'ose, fais, & peux
    tout ;
N'estant difficulté, dont ie ne vienne à bout.

LEONISE.

Mon Pere est en ces lieux, & l'auare Pamphile,
                    M iiij

Esclaues comme vous du Cadi de ceste Isle,
De grace en m'obligeant, seruez l'vn auiourd'huy,
Et ne songez à moy, qu'en prenant soin de luy.

LEANDRE.

Madame, l'vn & l'autre, auront par nostre adresse,
Le moyen de sortir des riuages de Grece,
Ou i'y perdray le iour :

LEONISE.

                    Ayez moins de pitié,
N'entreprenez pas tant suffit de la moitié.

LEANDRE.

Non Madame, Leandre acheuera la chose,
Et comme il le doit faire, & comme il le propose.

MAHAMVT.

Ne perdons point icy des momens precieux,
Allons voir nostre Amant aussi fou qu'il est vieux :

LEONISE.

Vostre discours me fache :

LEANDRE.

Il est iuste Madame,
Il fait voir mon respect, en vous cachant ma flame.

SCENE VII

HAZAN, IBRAHIM,

HAZAN.

Uy, si vous m'accordez le plaisir de la
voir,
Tout ce que ie possede, est en vostre pouuoir:
Ie vous offre mon bien, ie vous ouure ma
bource;
Elle sera pour vous, comme vne viue source;
Si vous fauorisez mes amoureux dessains,
Cent mille Aspres d'abord, tomberont dans vos mains.

Enfin, en aprouuant cette amoureuse enuie,
Comme de mes thresors, disposez de ma vie;
Vn silence Eternel, couurira ce secret:

IBRAHIM.

M'oses tu bien tenir ce propos indiscret?
Insolent, souuiens toy pour conseruer ta teste,
Que i'aproche l'Autel, de nostre grand Prophete
Mais puis que le projet que tu formes icy,
Offence le Prophete, & le Sultan aussi,
Le dernier aprenant ton audace effrontée,
Te sçaura bien donner la peine meritée:
Sa Hautesse sçachant tout ce que tu me dis,
Te rendra (malheureux) la terreur des hardis.
Ouy, ie luy manderay quelle est ton insolence,
Et rien pour ce suiet, n'obtiendra mon silence.

HAZAN.

Monstre malicieux, lasche & fin animal,
Toy qui fais le censeur, tu deuiens mon riual!
Autrement, l'auarice ou ton ame est encline,
Donneroit à mes vœux, cette beauté diuine:
Mais sçaches malgré toy, que mon cœur l'obtiendra,
Par force ou par adresse, ou qu'Hazan se perdra.

IBRAHIM.

Pagination incorrecte — date incorrecte

NF Z 43-120-12

LIRE PAGE (S) 97
AU LIEU DE PAGE (S) 67

Que le stupide est loing , d'assouuir son enuie!
Donner pour de l'argent celle qui tient ma vie!
Ie prefere le bien qu'on trouue en la seruant,
A l'or que le Soleil forme en tout le Leuant.
Mais voicy mes Agents, sçachons si cette belle,
Ioinct à tant de douceur, le tiltre de rebelle.

SCENE VIII.

MAHAMVT , LEANDRE,
IBRAHIM,

MAHAMVT.

Eigneur, Leandre & moy, venons de
    signaler,
Et nostre affection, & l'art de bien par-
    ler:
Mais enuers vn rocher, cet art est sans amorce;
Si bien que vostre espoir ne git plus qu'en la force;
Elle seule Seigneur, desormais peut aider;
Ouy, vous deuez contraindre, & non persuader.

N

Pagination incorrecte — date incorrecte

NF Z 43-120-12

| LIRE PAGE (S) | 98 |
| AU LIEU DE PAGE (S) | 86 |

LEANDRE.

Que dit ce malheureux ?

IBRAHIM.

Helas est-il possible ?
As tu sceu les raisons qui la font insensible ?

MAHAMVT.

Mon esprit balançant sur vn point si douteux,
Entre mille raisons, semble pancher vers deux :
L'vne, que son humeur peut estre luy conseille ,
Qu'aux charmes de nos voix, elle ferme l'oreille ,
Comme on dit qu'vn serpent resiste à l'Enchanteur,
Et qu'enfin la vertu, surmonte l'Orateur.
L'autre, que du Serrail la grandeur esclatante,
En touchant son esprit, s'oppose a vostre attente;
Ainsi, soit l'vne ou l'autre, on n'en doit esperer,
Que le bien que par force on en pourra tirer.

LEANDRE.

Ces mots me font mourir !

IBRAHIM.

O la dure contrainte !
Mon amour y consent, mais non fait pas ma crainte;
Le pouuoir du Sultan, à nul autre pareil,
Me montre vn precipice, en suiuant ce conseil;
C'est me perdre en vn mot, que l'ozer entreprendre.

MAHAMVT.

I'ay des armes en main, qui vous pourront def-
fendre.

LEANDRE.

Ie suis au desespoir:
              MAHAMVT.

              Escoutez seulement,
Comme vn esprit adroit, trouue tout aisement.

LEANDRE.

Bon Dieu, que dira-t'il ! que ma peur est extreme !

MAHAMVT.

Faignez donc par respect, de conduire vous mesme,
L'Esclaue au grand Seigneur, & sur vn Brigantin,
                                        N ij

Sans tarder plus long temps, partez des le matin;
En suite, vne heure apres, dittes deuant la Troupe,
Que l'Esclaue malade, en la chambre de poupe,
Desire aller à terre, afin que loin du bruict,
Dessous vn pauillon elle passe la nuict.
Là, suiui seulement d'vne bande fidelle,
Qu'on estrangle à l'instant, vn forcat au lieu d'elle;
Qu'on le iette en la mer du plus haut des rochers,
Poursuiure exactement l'vsage des Nochers:
Qu'on aille dire en suitte à la Troupe estonnée,
Que par l'arrest du Ciel, & de la destinée,
La belle Esclaue est morte, & que deux Matelots,
Viennent de la ietter, dans le milieu des flots.

LEANDRE.

O l'estrange discours!

MAHAMVT.

L'excuse legitime,
Dans l'esprit du Sultan, vous descharge de crime:
Et lors, pendant la nuict, qu'on la meine au Chateau,
Que vous auez (Seigneur) à trois mille de l'eau;
La, dans la liberté d'vn seiour Solitaire,
Vous viendrez bien a bout, de cette humeur austere.

LEANDRE.

Ie n'en puis plus souffrir.

IBRAHIM.

　　　　Mais est t'on asseuré
Qu'elle feigne pour nous, ce mal inesperé?

MAHAMVT.

Par vn discours subtil, elle sera surprise,
Disant que cette feinte ,aporte sa franchise.

LEANDRE.

Vn Demon le possede,

IBRAHIM.

　　　　　　Et l'Esclaue tué,
Apres que ce grand coup seroit effectué,
En ne paroissant plus, me pourroit mettre en peine?

MAHAMVT.

Nullement; cette crainte est ridicule & vaine,
L'iniure, la menace , & la frayeur des coups,
Auront brisé ses fers pour l'esloigner de vous.

IBRAHIM.

Mais le Fort des Chrestiens , si proche du riuage,
Pourroit dedans le port, nous causer le nauffrage:

MAHAMVT.

Moins en cor; vous sçauez que depuis onze mois,
Que cette Isle superbe, obeit à nos loix,

　　　　　　　　　　　　N iij

Aucun hors de ce Fort, n'a fait vne sortie:
Ainsi vostre frayeur, doit estre diuertie.
Ceux qui n'ont de soldats, que pour se garantir,
De l'enclos des ramparts, n'ont garde de sortir:
Et voyant le vaisseau, mis à l'anchre à la rade,
Jls craindront la surprise, ou craindront l'escalade:
De sorte qu'en cecy, vous ne hasardez, rien,
Et fort peu de trauail, vous apporte vn grand bien.

IBRAHIM.

C'est fait, ie m'y resouds, tout me semble facile:

MAHAMVT.

Vos Esclaues (Seigneur) & Rodolphe, & Pamphille,
Qui sont de mes Amis, nous presteront la main:

IBRAHIM.

Prends les, ie me dispose à partir dès demain,
Et i'y vay donner ordre:

MAHAMVT.

Allez:

LEANDRE.

Helas perfide,
Vois quel est le chemin, ou ton conseil nous guide:

Quoy, vers Constantinople, il adreſſe nos pas!
Ie le voy, ie l'entends, & ie ne mourray pas!
Et bien plus, cét infame auec ſon artifice,
Trompe des innocens, & les liure au ſuplice:
Mais que d'aueuglement, à mon malheur eſt ioint,
D'eſperer de la foy, de ceux qui n'en ont point!
Quel intrigue confus, embaraſſe le traiſtre?
Ou s'en trouue le nœud? qui le pourroit connaiſtre?
Ha ma raiſon s'eſgare, à me le figurer,
Et ie me trouue au point, de me deſeſperer.
Helas fidellité, ſi rare entre les hommes,
On ne te connoiſt plus, dans le ſiecle ou nous ſommes!

MAHAMVT.

Peut on croire en effet, ce qu'on void en ces lieux,
Qu'vn ſi fidelle Amant, ait de ſi mauuais yeux!
Quoy, vous ne voyez pas que la choſe eſt conduite,
Au point que mon eſprit vous aſſure la fuitte?
Que ie vous liure vn homme, & foible, & ſans ſuport?
Et vous marque vn azile, en vous parlant du Fort?
Certes, ie ſuis payé d'vne bizarre ſorte,
Des peines que ie prends, & du ſoin que i'aporte
A vous rendre content:

LEANDRE.

Pardonnne cher amy,
Au foible iugement, qui s'eſtoit endormy:

Ie connois mon erreur, auſſi bien que ton zelle;
Ie me trouue indiſcret, & ie te voy fidelle;
Mais l'excez de l'amour, & l'excez du danger,
M'oſtent la liberté, de voir, et de iuger;
Excuſe cette erreur, ma douleur l'a commiſe:

MAHAMVT.

Vollons s'il eſt poſſible, & trouuons Leoniſe,
Afin de l'aduertir de tout ce qu'on a fait:

LEANDRE.

Dieu fais que ce deſſain, puiſſe auoir ſon effet.

MAHAMVT.

Haſtons nous la nuiċt vient, & le iour ſe retire,
Qu'elle ſcache à l'inſtant ce que ie luy veux dire;
Vn Eſclaue la nuiċt (quoy qu'il ſoit bien traiċté)
Dans la maiſon des Turcs, n'a point de liberté.

SCENE

SCENE IX

IBRAHIM, HALIME,
IBRAHIM.

E respect du Sultan, me porte, & me
conuie,
A conduire l'Esclaue, au peril de ma
vie.

HALIME.

Puisse tu sur les flots, rencontrer le tombeau:

IBRAHIM.

Que dis tu?

HALIME.

Que mes vœux vous sauueront de l'eau.

O

IBRAHIM.

Obliger ſa Hauteſſe, eſt vn grand aduantage:

HALIME.

Pour moy, bien qu'à regret i'aproue ce voyage;
Qui vous ſuiura ?

IBRAHIM.

Leandre, accompagné de trois.

HALIME.

Ie m'eſtonne pourtant, que vous faites ce choix,
Cet Eſclaue nouueau, rendra peu de ſeruice:

IBRAHIM.

Il à beaucoup d'eſprit:

HALIME.

Ou beaucoup de malice:
Il eſt ſi glorieux, qu'à peine on pourra voir,
Que cet eſprit hautain, ſe range à ſon deuoir:

IBRAHIM.

Sa perſonne me plaiſt:

HALIME,

        Parce qu'elle est nouuelle.
Estes vous asseuré qu'il vous sera fidelle ?

IBRAHIM.

Le temps me l'aprendra :

HALIME.

        Laissez moy le soucy,
Obseruant son humeur, de l'esprouuer icy.

IBRAHIM.

Ne m'importunez plus d'vne dispute vaine,
Pour vous en deliurer, i'en veux prendre la peine.

HALIME.

Espoir qui viens de naistre, & qui meurs en vn iour,
Seul bien des mal-heureux, qui languissent d'amour,
Belle ombre, qui t'enfuis, lors qu'on pense t'estraindre,
Ne m'as tu fait plaisir, que pour me faire plaindre ?
Ne viens tu deuers moy, qu'àfin de me laisser ?
Et ne m'esleues tu, qu'àfin de m'abaisser ?
                      O ij

O songe deceuant, par qui l'ame s'abuse,
Pourquoy m'accordes tu, ce que l'on me refuse?
Leandre va partir, on me l'a tesmoigné,
Ie le voudrois cruel, aussi bien qu'esloigné,
Quand on est sans espoir, on est tousiours sans crainte;
Mais de tous les costez, i'ay des suiets de plainte:
Car enfin cher espoir, apres mes biens rauis,
En sentant que ie meurs, ie sents bien que tu vis:
Et mon ame incertaine, en sa gloire rauie,
Ne sçait que desirer, ou la mort, ou la vie.
Ciel, qui faictes mon sort, & qui le connoissez;
Si les traits de l'amour, doibuent estre effacez,
Au cœur de mon Leandre, en cette longue absence,
Puis que ie doits perir, si i'en ay connoissance,
Accordez, accordez, la mort à mon amour,
Et que mon ame enfin, parte auant son retour.

ACTE V.

HALIME, SVLMANIRE, SAR-
RAIDE, HALI, HAZAN,
IBRAHIM, LEONISE, MA-
HAMVT, LEANDRE, RO-
DOLPHE, PAMPHILE, LELIE,
Troupes de Ianissaires.

SCENE PREMIERE.

HALIME, SVLMANIRE, SAR-
RAIDE,

HALIME.

Vreurs qui possedez vne Amante abusée,
Cruels ressentiments de se voir mesprisée,
Colere, desespoir, rage, honte, & douleur,
Ioignez vous pour me perdre, en ce dernier malheur:

'Ayez vn grand combat, disputez en la gloire;
Et faites de ma mort, le fruict de la victoire:
Plus vous serez cruels, plus vous me serez doux;
Et nul de mes souspirs, ne se plaindra de vous.
Esprits qui murmurez, quand la personne aimée,
Enflame vostre cœur, & n'est point enflamée,
Bien que vous adoriez vn obiet rigoureux,
Auprés de mon malheur, que vous estes heureux!
Vous souffrez (il est vray) de son ingratitude,
Mais la douleur en vous, se tourne en habitude,
Ou le mal qui surprend, ne peut estre exprimé,
Quand on se voit hair, & qu'on se croit aimé.
Ce changement estrange, autant qu'insuportable,
Est vn suplice affreux, qui n'a point de semblable;
Il est pire cent fois, que les feux & les fers,
Et c'est tomber du Ciel, au milieu des Enfers,
C'est passer promptement, de la flame à la glace,
C'est viure, c'est mourir, en vne mesme place,
Et pour mieux exprimer vn si cruel tourment,
C'est aimer & hair, en vn mesme moment.
Helas, tel est mon sort, telle est mon aduanture:
Ce cruel qui s'en va, me met à la torture,
Bien loing de partager, vn mal si furieux,
I'ay veu que l'allegresse, à paru dans ses yeux,
Et lors qu'il est rauy, de ce qu'il m'abandonne,
Ie hay sa lascheté, mais i'ayme sa personne:
Ie deteste son crime, & mon ame le suit;

Ie hay celuy que i'ayme,& i'ayme qui me nuit;
Ainſi mon triſte cœur,frappé d'vn coup de foudre,
Balance entre les deux,& ne ſe peut reſoudre:
Ie m'apperçoy qu'il hayt,ie ſents qu'il aime außi;
Et touſiours plus confus,il vit & meurt ainſi.

SVLMANIRE.

Si vous voulez enfin que la raiſon vous aide,
De voſtre propre mal,tirez voſtre remede:
Et parmy les accez,qu'il vous fait reſſentir,
Connoiſſez voſtre erreur ,pour vous en repentir.

SARRAIDE.

Si vous voules enfin que la raiſon vous aide,
De voſtre propre mal, tirez voſtre remede:
Comme il eſt inconſtant , ayez l'eſprit leger,
Changez le pour vn autre ,afin de vous vanger.

SVLMANIRE.

Conſiderez vn peu quel conſeil eſt le voſtre:
Ne ſortir d'vne erreur, que pour entrer en l'autre:
Puis que par ce conſeil,qui la veut ſecourir,
Elle change de mal ,au lieu de ſe guarir.

SARRAIDE.

Considerez vn peu quelle erreur est la vostre!
D'ignorer qu'vn poison, se chasse par vn autre!
Et que pour n'aimer plus les moyens les meilleurs,
Sont de changer d'obiet, & s'engager ailleurs.

SVLMANIRE.

Ouy, mais c'est se vanger, d'vn crime, par vn crime;
Se seruir d'vn moyen, qui n'est pas legitime:
Et ie tiens que l'oubly, dans le mal qu'elle sent,
Seul, luy pourra donner, vn remede innocent.

SARRAIDE.

Pour vn cœur offencé ie crois tout legitime;
Qu'elle se vange donc, d'vn crime, par vn crime:
Ouy, ie veux comme vous, qu'elle oublie en ce iour,
Et pour mieux oublier, qu'elle ait vne autre amour.

HALIME.

En l'estat deplorable ou ie voy ma fortune,
Le vice est la vertu, me chocque & m'importune:
Allez, retirez vous, vos conseils differents,

S'accordent

s'accordent en cela, qu'ils me font des tyrans.
O toy qui fais ma peine, aimable & cher Leandre,
Si quelque repentir te peut vn iour surprendre,
Pour venir mettre fin, à des maux infinis,
Puisse auoir ton retour, les flots tousiours vnis:
Que ny vents ny rochers, ne te soient point nuisibles,
Que les vns soient bien loing, & les autres paisibles;
Afin que renoüant nos amoureux liens,
Tu viennes acheuer, tes trauaux & les miens.
Mais si ta cruauté, me fait encor la guerre,
S'arme pour te punir, & la mer, & la terre,
Qu'entre mille rochers, se brise le vaisseau;
Que ton corps malheureux, n'ait iamais de Tombeau,
Qu'il erre au gré du vent, comme vne chose immonde,
Que refuse la terre, & que reiette l'onde:
Et qu'vn Monstre marin! ô trop lasche vainqueur,
Afin de me vanger, te deuore le cœur.

P

SCENE II.

HALI, MVSTAPHA,
Troupe de Ianiſſaires.

HALI.

 Ls ont quité la Mer, & c'eſt ce qui m'e-
ſtonne!

MVSTAPHA.

N'importe, pour frapper la terre eſt auſſi bonne:
Les boix comme les flots, ſuffiront à cacher,
Ceux que noſtre valeur, aura fait trebucher.
Aduancez compagnons, couurez vous de ces Arbres,
Et ne parlez, non plus que parleroient des marbres:
Ne faites aucun bruit, i'impoſe cette Loy;
Mais quand ie donneray, qu'on donne auecques
    moy.

HALI.

Le Cadi vient icy finir son insolence:

MVSTAPHA.

La main au Cimeterre, & qu'on garde silence.

SCENE III.

HAZAN, Troupe de Ianissaires.

HAZAN

CE grand Nauire armé, que i'auois fait cacher,
Dans l'autre bout de l'Isle, à l'abry d'vn rocher,
Ne me seruira point, puis qu'ils viennent à terre,
Ainsi plus promptement, s'acheue nostre guerre:

Il faut parmy ces bois leur donner le trespas,
Et sans paroistre esmeus, retourner sur nos pas,
Comme si nous venions d'vne chasse ordinaire,
Ayant mis cette Esclaue, en vn lieu solitaire.
Compagnons, c'est par vous que i'espere auiourd'huy,
Me rendre vainqueur d'elle, & me vanger de luy:
Que si vostre valeur, en secondant la mienne,
Fait que cette beauté, soit vn prix que i'obtienne.
Disposez franchement, de mon bien & de moy,
L'vn & l'autre est a vous, i'en engage ma foy:
Mais ce foible ennemy, ne peut estre que proche:
Mettons nous à couuert de cette grande roche,
Il donnera bien-tost dans le piege tendu,
Il est à nous Soldats, ie l'ay bien entendu.

SCENE IV.

IBRAHIM, LEONISE, HALI,
HAZAN, LEANDRE, MA-
HAMVT, RODOLPHE,
PAMPHILE, Troupes de
Ianiſſaires, LELIE.

IBRAHIM.

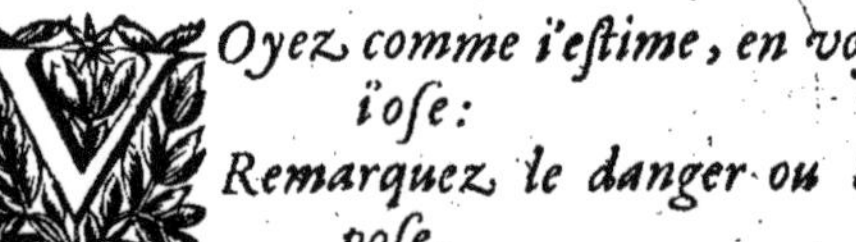

Oyez comme i'eſtime, en voyant comme
ïoſe :
Remarquez le danger ou le Cadi s'ex-
poſe,
Pour rompre enfin vos fers; & voſtre œil pourra voir,
iuſqu'où va mon amour : iuſqu'ou va ſon pouuoir.

LEONISE.

Seigneur voſtre bonté qui me ſauue & me flatte,
Oblige vne Captiue, & non pas vne ingrate,

P iij

Qui veut vous tesmoigner, que l'honneur excepté,
Son ame despendra de vostre volonté.

HALI.

Main basse Compagnons :

HAZAN.

Donnons :

LEANDRE.

Quelle surprise :
S'en est fait Mahamut, nous perdons Leonise :

LEONISE.

La fortune Leandre, est moindre que l'Amour,
Sois seur si tu la perds, qu'elle perdra le iour.

IBRAHIM.

Donc perfide Hali, ton audace effrontée,
Iusques au dernier point à la fin est montée ?
Quoy, tu viens pour rauir, le bien de ton Seigneur,
Luy qui tient en ses mains, tes iours, & ton honneur ?
Lasche & traistre Hasan, quelle audace est la tienne ?

Oſes tu regarder cette Eſclaue Chreſtienne?
Ie la meine au Sultan, elle eſt pour ſes plaiſirs,
Et ton cœur temeraire, en conçoit des deſirs!
Et toy qui vers la Porte, adreſſes ton voyage,
Y pourras tu paroiſtre, apres vn tel outrage?
N'as tu point dans l'eſprit, les ſuplices affreux,
Qui de tant de Bachas, ont fait des malheureux?
O meſchant Gouuerneur, crois tu que le ſilence,
Qui regne dans ces lieux, cache ta violence?
Non, pour la deſcouurir, ces rochers & ces boix,
Prendroient pluſtoſt enfin, des ames, & des voix.
Et vous qui les ſuiuez, ames trop mercenaires,
Voleurs, & non Soldats, Arabes ſanguinaires,
Venez vous eſgorger pour eux, voſtre Cadi?
Sus donc, leue le bras, le cœur le plus hardi:
Mais apres l'auoir fait, qu'il ſonge à ſe reſoudre,
A voir tomber ſur luy, les quarreaux de la foudre;
Le Prophete la haut, qui voit la trahiſon,
Vangera ſon Miniſtre, opprimé ſans raiſon.

HALI.

Preſcheur impertinent, qui fais peur à des femmes,
Crois tu que tes diſcours, eſpouuentent nos ames?
Donne, donne l'Eſclaue, ou ſois ſeur par ce fer,
D'acheuer ton Sermon, au milieu de l'Enfer.

HAZAN.

C'est de moy que deſpend ou ta mort, ou ta vie,
Sus donc, ſans differer, contente mon enuie;
Ou la main qui t'offroit, ſon or, & ſon ſupport,
Liberale touſiours, te donnera la mort.

HALI.

Regarde en perſiſtant en cette freneſie;
Que ces boix eſcartez, ne ſont pas Nicoſie;
Qu'icy plus librement, i'abaiſſe ton orgueil,
Et que la terre eſt propre, à te faire vn cercueil.

HAZAN.

Dans la ville, à l'armée, en Mer, à la Campagne,
Souuiens toy que par tout, ma valeur m'accompagne:
Et qu'icy comme la, mon bras ſçaura punir,
Celuy que le reſpect ne pourra contenir.

HALI.

Ha c'eſt trop de diſcours, c'eſt trop faire le braue,
Voyons à qui le ſort deſtine cette Eſclaue.
                                      IBRAHIM,

IBRAHIM.

Ie suis mort:

LEONISE.

O Seigneur, qui vois du haut des Cieux
Fais entre-deschirer, ces Tigres furieux.

LEANDRE.

Leur nombre est amoindry, par ce combat funeste,
Frapons les deux partis, pour acheuer le reste,
Courage Mahamut, ce Cimeterre pris,
En armant cette main, rasseure mes esprits.
Suiuons les:

MAHAMVT.

Ie le veux:

LEONISE.

O mon ame incertaine,
En ces tristes moments, que tu souffres de peine!
Que ce combat douteux, te cause de douleur!
Et que ie me voy prés, d'vn extreme malheur:
Iamais œil affligé, n'eut de si iustes larmes;
Mon deplorable sort, balance entre les armes;
Tout ce que ie cheris, est parmy les hasars;
Et mon bon-heur despend, du caprice de Mars.
Mais que disie i sensée, au mal qui me transporte?
Celuy qui tient mon sort, à la main bien plus forte:
Il soustient l'vniuers, & s'il me veut sauuer,

Q

Nul de tous les malheurs, ne sçauroit m'arriuer:
Aussi, ma volonté, se resigne à la sienne,
Ie vis Amante chaste, & veux mourir Chrestienne.

RODOLHE.

Les voycy de retour:

SCENE
DERNIERE

MAHAMVT , LEANDRE,

MAHAMVT.

ET par ses grands efforts,
Nous sommes deliurez, & tous les Turcs sont morts.

LEANDRE.

Apprenons auiourd'huy si l'espoir ou la crainte,

Pagination incorrecte — date incorrecte

NF Z 43-120-12

LIRE PAGE (S)   123
AU LIEU DE PAGE (S)   312

Ont obligé son ame à pousser vne feinte,
Sçachons ses sentimens, ne la contraingnons point;
Et soyons genereux iusques au dernier point.
Ou plustost, sans ceder vne beauté si rare,
Voyons si cét Amant aussi lasche qu'auare,
Seroit capable encor de la témerité,
D'accepter vn present qu'il n'a pas merité.
Quitez indignes fers, cette illustre personne,
Plus digne mille fois de porter la Couronne,
Retournez dans la terre, obiet de mon courroux
Et puisse auoir sa main, vn Sceptre au lieu de vous.
Enfin heureux Amant, nous touchons la iournée,
Ou par vn nœud sacré, d'amour & d'himenée,
Tu t'en vas triompher, & te rendre vainqueur,
De l'obiet le plus beau, qui iamais prit vn cœur.
Ouy, ie viens de combattre, & d'auoir la victoire,
Mais si i'ay combatu, ce n'est que pour ta gloire:
Par le pouuoir du sort, dont ie subis la Loy,
Le fruict de mes trauaux ne peut estre qu'à toy.
Autre-fois sur la Mer, quand on prit Leonise,
I'offris pour te la rendre, & richesse, & franchise,
Et ie viens maintenant, de hasarder mes iours,
Poussé du mesme esprit, qui m'anime tousiours:
Mais en cedant l'obiet, dont mon ame est rauie,
C'est beaucoup plus que l'or, la franchise, ou la vie,
Et ie crois meriter, le tiltre sans esgal,

Q ii

Et d'Amant courageux, & d'AMANT LI-
BERAL.
Reçois (heureux Riual) vn prix inestimable
Aime la (si tu peux) autant qu'elle est aimable;
Reconnois ton bon-heur,& pour la mieux traicter,
Songe qu'aucun mortel,ne peut la meriter.
De moy,si le destin qui s'oppose à ma ioye,
Pour obtenir ce bien,me laissoit vne voye,
A trauers de la flame,on me verroit passer,
Pour prendre cet objet,que ie vay te laisser.
Mais le Ciel en courroux,semble me le deffendre;
Il la fit pour Pamphile,& non pas pour Leandre :
Ouy,cette aduersion qu'elle eut tousiours pour moy,
M'enseigne que le sort,la fit naistre pour toy.
Lè nœud qui vous à ioints,ne se pouuant dissoudre,
C'est à moy de mourir,& ie m'y vay resoudre.
Mais mon cœur affligé,ne desirant plus rien,
Cher & diuin obiet,vous donne encor mon bien:
Puissiez vous en ioüir,vn long siecle d'années;
Que vos felicitez,ne soient iamais bornées:
Ciel, exauffant ma voix,qui s'esleue pour eux,
Rends les aussi contents que ie suis malheureux:
Ha le cœur & la voix,esgallement me tremble:

LEONISE.

Vos faicts,& vos discours,n'ont rien qui se ressemble;

Voſtre bras me fait libre, et puis vous diſpoſez;
Ainſi donc i'ay des fers, qui ne ſont pas briſez;
Puis que vous me donnez, vous me faites paroiſtre,
Que Leoniſe enfin, n'a changé que de Maiſtre?
Vous me traictez d'Eſclaue, auec ma liberté,
Et le bien qu'on me donne, à l'inſtant m'eſt oſté?
Que ſi la liberté, m'eſt encore rauie,
De grace, ou trouuez vous que vous m'ayez ſeruie?
Et ſi i'ay ma franchiſe, encor, par quelle loy,
Prenez vous le pouuoir, de diſpoſer de moy?
Quel meſlange confus, de bien faict, & d'iniure,
M'oblige à la loüange, & me porte au murmure?
Pourquoy me reſioüir, afin de m'affliger?
Et pourquoy me ſeruir, pour me deſobliger?
Iamais on n'a rien veu, ſi loing de l'apparence;
Vous monſtrez de l'amour, & de l'indifference;
Vous taſchez de quiter, l'obiet de vos deſirs;
Pour me faire du mal, vous perdez vos plaiſirs;
Et par des ſentimens, de meſpris, & d'eſtime,
Vous faites vn bel acte, & commettez vn crime.
Pourquoy vous piquez vous, en cette occaſion,
De me couurir de honte, & de confuſion?
Qu'elle fauſſe vertu, ſe trouue enfin la voſtre?
Se rendre malheureux, pour enrichir vn autre!
Ne conqueſter vn bien, qu'afin de le donner!
Ne chercher vn obiet, que pour l'abandonner!
Et par les mouuemens d'vne fureur extreme,

Q iÿ

Faire voir qu'on mesprise en faisant voir qu'on aime,
Estes vous vn Amant? ou bien vn ennemy?
Leandre; veillez vous? estes vous endormy?
Est-ce vous qui parlez, ou si ie fais vn songe?
Est ce vne verité? n'est-ce point vn mensonge?
Vous faites vne erreur qui m'estonne si fort,
Que l'esprit & les yeux n'en sont pas bien d'accord.
En vain pour me flatter vous poussez quelques pleintes
Celuy qui veut pleurer, n'a que des larmes feintes;
Qui souffre vne douleur, la pouuant esuiter,
Y trouue assurement dequoy se contenter.
L'homme necessiteux, n'est pas sage s'il donne;
Qui couronne vn Riual, mesprise la Couronne;
Ainsi vous combatez en ce malheureux iour,
D'vne fauce vertu, le veritable amour.
Allez, allez volage, ou vostre humeur vous porte;
Ie veux combattre seule, et ie suis assez forte;
Adioustez le mespris, à tant de maux souffers;
Ie suis Esclaue encor, redonnez moy ces fers;
Ie ne veux receuoir ny Mary, ny franchise;
Vous n'estes plus Leandre, & ie suis Leonise;
C'est à dire vn esprit que l'on ne force pas;
Qui priué de secours, le cherche en son trespas.

LEANDRE.

Ha que cette colere est plaisante à mon ame!

Connoissez mieux vn cœur, qui vous connoist Mada-
    me:
Et qui par cette feinte, à voulu seulement,
Voir quel estoit son sort, & vostre sentiment,
Plustost que de former la fatale pensée,
D'abandonner l'obiet dont mon ame est blessée,
Ie souffrirois cent fois les riguœurs du trespas:
Et quand mon interest ne me toucheroit pas,
Quand (dis-ie) ce bel œil que mon esprit adore,
Par ses mespris passez, m'affligeroit encore;
Quand il refuseroit les offres de mon cœur;
Voudrois-ie le punir auec tant de rigueur?
En matiere d'Amour, sans regarder vn autre,
Il faut faire ceder tout interest au nostre:
Et comme ie l'ay dit, quand vostre cruauté,
Esgalleroit encor, vostre extreme beauté,
En vous abandonnant au plus lasche qui viue,
Ie rendrois auiourd'huy ma vengeance excessiue.
Ainsi ne craignez pas qu'au mespris de l'amour,
Ie vous perde iamais, sans perdre aussi le iour:
Non non, ie prends vn bien que ie sçauray deffendre,
Soyez donc Leonise, & ie seray Leandre.

LEONISE.

Vostre cœur ny le mien, ne doibt pas tant oser,

Car mon Pere present, en doibt seul disposer:
C'est à luy d'ordonner nostre forme de viure;
Jl connoist la raison, & la sçaura bien suiure.

RODOLPHE.

Pour suiure la raison, i'ordonne seulement,
Que ma fille auiourd'huy peut agir librement.

LEONISE.

Puis qu'on me le permet …..

PAMPHILE.

N'acheuez pas Madame;
Accordez, accordez cette grace à mon ame;
La dispute est iniuste, il la faut terminer;
Ne me condamnez point, ie me veux condamner,
Ie sçay que le deuoir m'ordonne que ie quitte;
Leandre est auiourd'huy le seul qui vous merite,
Comme vous estes seule en la terre auiourd'huy,
Qui merite les vœux d'vn homme comme luy.
Ainsi viuez contens, Pamphile le souhaite,

Soyez

Pagination incorrecte — date incorrecte
NF Z 43-120-12

LIRE PAGE (S) 129
AU LIEU DE PAGE (S) 115

Soyèz le digne prix, d'vne amitié parfaicte.

LEONISE.

Puis qu'on n'ordonne pas, ce que vous ordonniez,
Prodigue, veuillez prendre, vn bien que vous donniez.

LEANDRE.

Pour conseruer ce bien, dont mon ame est rauie,
Ie veux estre tousiours prodigue de ma vie.

MAHAMVT.

Le Soleil qui se leue est dessus l'horison,
De sorte qu'en ces lieux ie doute auec raison
Que quelqu'vn du vaisseau ne vienne, ne nous voye,
N'empesche nostre fuite, & trouble nostre ioye.
De crainte de perir, estant si prés du port,
A la faueur du boix, allons gagner le Fort,
Ou nous pourrons trouuer quelque moyen facile,
pour aller seurement iusques dans la Sicile.

LEANDRE.

C'est en ces bords aimez, ou ie pretends vn iour,
Compter tous mes trauaux, & mes plaisirs d'amour;

R

Afin que quelque esprit, trauaillant à ma gloire,
Mette deſſus la Scene, vne ſi belle Hiſtoire,
Qui pleine de merueille, & de ſincerité,
Ira de ſiecle en ſiecle, à la Poſterité.

FIN.

OVIS PAR LA GRACE DE DIEV ROY DE FRAN-
CE ET DE NAVARRE, à nos amez & feaux Conseillers les Gens
tenans nos Cours de Parlement Maistres des Requestes ordinaires de
Nostre Hostel, Baillifs, Seneschaux, Preuosts, leurs Lieutenans, & à tous
autres nos Iusticiers & Officiers qu'il apartiendra, Salut. Nostre bien amé
Augustin Courbé Libraire à Paris, nous à fait remonstrer qu'il a recouuré
vn manuscrit d'vn liure intitulé *L'amant Liberal Tragi-Comedie*, *Composé par Monsieur de*
Scudery, lequel liure il desireroit imprimer s'il auoit sur ce nos lettres necessaires, les-
quelles il nous a tres-humblement supplié de luy accorder, A CES CAVSES,
nous auons permis & permettons a l'exposant d'imprimer ou faire imprimer vendre &
debiter en tous les lieux de nostre obeissance, en vn ou plusieurs volumes ledit liure, en
en telle marge & caracteres & autant de fois qu'il voudra durant l'espace de *sept ans*, en-
tiers & accomplis à conter du iour que ledit liure sera acheué d'imprimer pour la premiere
fois, & faisont tres-expresses deffenses à toutes personnes de quelque qualité & condi-
tion qu'elles soient de l'imprimer faire imprimer vendre ny distribuer en aucun lieu
de ce Royaume durant ledit temps & espace, souz pretexte d'augmentation, correction,
changement de tiltre ou autrement, en quelque sorte & maniere que ce soit, à peine de
quinze cens liures d'amande payable sans deport par chacun des contreuenans, & ap-
pliquables vn tiers à nous, vn tiers à l'Hostel Dieu de Paris, & l'autre tiers à l'exposant,
confiscation des exemplaires contrefaits & de tous despens dommages & interests a
condition qu'il en sera mis deux exemplaires en noistre Bibliotheque publique, & vn en celle de no-
stre tres-chef & feal le sieur Seguier Cheualier Chancelier de France, auant que de les exposer en
vente, à peine de nullité des presentes, du contenu desquelles nous vous mandons que vous
fassiez iouïr plainement & paisiblement l'exposant, & ceux qui auront droit de luy sans
qu'il leur soit fait aucun trouble ou empeschement, Voulons qu'en mettant au com-
mencement ou à la fin de chaque volume vn bref extraict des presentes, elles soient te-
nuës pour signifiées & que foy y soit adioustée, & aux copies d'icelles collationnées par
l'vn de nos amez & feaux Conseillers & Secretaires, comme à l'original, Mandons aus-
si au premier nostre Huissier ou Sergent sur ce requis de faire pour l'executió des presen-
tes tous exploits necessaires sans demander autre permission. CAR TEL EST NOSTRE
PLAISIR, Nonobstant oppositions ou appellations quelconques, & sans preiudice
dicelle, Clameur de Haro, Chartre Normande & autres lettres à ce contraires. Donné
à Paris le 23. iour de Feurier, l'an de grace mil six cens trente huict & de nostre regne
le vingt huictiesme.

Par le Roy en son Conseil,

CONRART.

Les exemplaires ont esté fournies, ainsi qu'il est porté par les lettres de Priuilege.

Acheué d'Imprimer pour la premiere fois le 30 Auril, 1638.

www.ingramcontent.com/pod-product-compliance
Ingram Content Group UK Ltd.
Pitfield, Milton Keynes, MK11 3LW, UK
UKHW021225140726
13695UKWH00002B/768